# ...ENTURIÈRE

## COMÉDIE EN CINQ ACTES, EN VERS

PAR

## ÉMILE AUGIER

PARIS

# L'AVENTURIÈRE

## COMÉDIE

### EN CINQ ACTES ET EN VERS

Représentée pour la première fois, à Paris, sur le Théâtre-Français,
le 23 mars 1848.

PARIS. — IMPRIMERIE DE J. CLAYE,

RUE SAINT-BENOIT, 7.

# L'AVENTURIÈRE

## COMÉDIE

### EN CINQ ACTES ET EN VERS

PAR

## ÉMILE AUGIER

## MICHEL LÉVY FRÈRES, ÉDITEURS

RUE VIVIENNE, 2 BIS

—

### 1857

# PERSONNAGES

| | |
|---|---|
| MUCARADE (60 ans). | MM. SAMSON. |
| PIQUENDAIRE, son frère. | JOANNIS. |
| FABRICE, son fils (33 ans). | BOUCHER. |
| HORACE, fils de Piquendaire (20 ans). | RAPHAEL. |
| Don ANNIBAL (35 ans). | |
| Doña CLORINDE. | Mmes ANAIS. _ Plessy. Arnoux |
| CÉLIE, fille de Mucarade. | SOLIÉ. |

La scène est à Padoue, en 164..

# L'AVENTURIÈRE

## ACTE PREMIER

Un salon.

### SCÈNE PREMIÈRE.

**MUCARADE**, seul, devant une glace.

Les femmes ont raison : la toilette fait tout.
La mienne me paraît tout à fait de bon goût;
Et je ne sache pas de galant dans Padoue
Contre qui je voudrais me troquer, je l'avoue.
Comment diable aujourd'hui travaillent les parents,
Qu'on ne rencontre plus de jolis jeunes gens,
Et que pour des gaillards de certaine encolure
Il faille encor chercher parmi la race mûre?
Clorinde a de bons yeux, qui m'a choisi...

### SCÈNE II.

**MUCARADE, PIQUENDAIRE.**

**PIQUENDAIRE**, du fond.

Bonjour.

**MUCARADE.**

Qui va là? Quoi! c'est vous, mon frère! de retour?

1´

PIQUENDAIRE.

Oui, j'arrive à l'instant, et j'en apprends de belles.

MUCARADE, à part.

Il faut payer d'aplomb.

Haut.

Vous savez les nouvelles?

PIQUENDAIRE.

Oui, certes, je les sais!

MUCARADE.

Je suis fort satisfait,

Mon frère.

PIQUENDAIRE.

Non pas moi! Comme vous voilà fait!
Je laisse, en m'en allant, un grave personnage
S'habillant et vivant comme il sied à son âge,
Et je retrouve un fou, de rubans tout vêtu,
Qui dément en un jour soixante ans de vertu.

MUCARADE.

Ah! soixante!...

PIQUENDAIRE.

Est-ce moins, et vous fais-je injustice?

MUCARADE.

A ce compte, j'étais vertueux en nourrice.

PIQUENDAIRE.

Ah! ah! vous plaisantez de plus? Cela manquait.
Voilà, je vous l'avoue, un séduisant muguet!

MUCARADE.

Mais...

PIQUENDAIRE.

Fi! vos vieux cheveux empestent la pommade!
N'êtes-vous pas honteux de cette mascarade?

**MUCARADE.**

Mon Dieu! l'habillement est-il un si grand cas,
Qu'il faille en disputer avec tant de fracas?

**PIQUENDAIRE.**

Si la querelle ici par votre habit commence,
C'est qu'il résume en soi toute votre démence,
Et qu'il m'en apprend plus qu'on ne m'en a conté
Sur votre aventurière et son habileté.

**MUCARADE.**

Je sais tous les propos que l'on tient sur son compte;
Mais aux diffamateurs en reviendra la honte.

**PIQUENDAIRE.**

La honte, mon pauvre homme, en est toute pour vous,
Et vous figurerez parmi les plus grands fous.
Une femme qui vient on ne sait d'où ni comme,
Avec un sacripant qui fait le gentilhomme;
Et, sous le nom de frère, a pour emploi, dit-on,
De surprendre l'amant et le mettre à rançon...
Voilà celle qu'ici vous avez accueillie
Et que vous épousez, pour comble de folie?
Mais, par la vertu Dieu! vous n'achèverez pas,
Et la belle pour rien aura tendu ses lacs.

**MUCARADE.**

Pour vous montrer quel cas de ces bruits il faut faire,
Je vais vous raconter les détails de l'affaire...

**PIQUENDAIRE.**

N'en prenez pas le soin, je les connais déjà;
J'ai lu dans vingt romans cette aventure-là.
Votre belle est parente à des rois d'Amérique?

MUCARADE.

Sa filiation n'a rien de chimérique :
Son père, gentillâtre ignoré de Madrid,
Y mourut l'an dernier.

PIQUENDAIRE.

Dans un duel ?

MUCARADE.

Dans son lit.

Les frais d'enterrement mangèrent l'héritage ;
Alors don Annibal, en homme de courage,
Résolut...

PIQUENDAIRE.

D'exploiter la vertu de sa sœur.

MUCARADE.

Non ; mais d'aller offrir son bras à l'empereur.

PIQUENDAIRE.

Certes, le vaillant homme !

MUCARADE.

Il fut malade en route,

Ce qui mit son petit viatique en déroute ;
Et le défaut d'argent les retenait ici
Quand je les ai tous deux rencontrés, Dieu merci !
Vous voyez que l'histoire est simple.

PIQUENDAIRE.

Par le diable !

Un mensonge bien fait doit être vraisemblable,
Et, pour duper les gens, ce sont des maladroits
Qui mentent sans mesure et par-dessus les toits.

MUCARADE.

Enfin, vous avouez qu'il n'est rien d'impossible

Dans l'histoire que fait Clorinde?

PIQUENDAIRE.

                    Elle est plausible :
Même je la croirais presque vraie au besoin.

MUCARADE.

S'il est ainsi, pourquoi ne la croyez-vous point?

PIQUENDAIRE.

Pourquoi? parce qu'elle est fausse d'un bout à l'autre.

MUCARADE.

Par ma foi, mon esprit rend les armes au vôtre;
Je ne vous comprends plus.

PIQUENDAIRE.

                    Je parle de bon sens :
Tout cela serait vrai, dit par d'honnêtes gens;
Par des fripons, c'est faux.

MUCARADE.

                    Mais, mort Dieu!.. car j'enrage
De vous voir raisonner de la sorte à votre âge!
Où diable prenez-vous que ce soient des fripons?

PIQUENDAIRE.

Sur l'amour que la sœur feint pour vous, j'en réponds.

MUCARADE.

Elle feint, dites-vous!

PIQUENDAIRE.

                    Eh là! mon pauvre frère,
Vous croyez-vous vraiment encore fait pour plaire?

MUCARADE.

Comme un autre.

PIQUENDAIRE.

Allons donc !

MUCARADE.

Pourquoi pas ?

PIQUENDAIRE.

Vous raillez !

Avec votre nez rouge et vos yeux éraillés ?

MUCARADE, à part.

Le butor !

PIQUENDAIRE.

Je ne veux rien dire qui vous fâche ;
Mais vous n'avez jamais été beau que je sache,
Et, pour vous déclarer la chose comme elle est,
Vous êtes aujourd'hui, mon pauvre ami, très-laid.

MUCARADE.

Et vous toujours honnête et plein de courtoisie.
Mais, que je sois ou non à votre fantaisie,
Clorinde ne me voit ni trop laid ni trop vieux.

PIQUENDAIRE.

Et c'est ce qui devrait vous dessiller les yeux.
Pensez donc...

MUCARADE.

A quoi bon perdre votre éloquence ?
Vous m'importuneriez sans me mettre en balance.

PIQUÉNDAIRE.

Ainsi c'est résolu ; vos amis, vos parents,
Vous sacrifiez tout et jusqu'à vos enfants ?

MUCARADE.

Mes enfants, dites-vous ? je n'ai plus qu'une fille.

Mon fils est dès longtemps sorti de ma famille ;
Le jour qu'il a voulu prendre sa liberté,
Il m'a rendu la mienne et s'est déshérité.

PIQUENDAIRE.

C'est votre sang pourtant, et le devoir réclame...

MUCARADE.

Oh! ne m'alléguez pas mon fils contre ma femme,
Car de son abandon mon hymen est le fruit,
Et je prétends par là me consoler de lui.

PIQUENDAIRE.

Mais votre fille au moins? Elle vous idolâtre,
Et n'a point mérité d'avoir une marâtre.

MUCARADE.

C'est une mère aussi que je vais lui donner :
Clorinde l'aime autant qu'il peut s'imaginer.

PIQUENDAIRE.

Je n'entreprendrai pas de vous faire comprendre
Quel compte on doit tenir d'une amitié si tendre :
Pour vous ouvrir les yeux j'ai dit ce que j'ai pu,
Puisque c'est en vain, tout entre nous est rompu.

MUCARADE, ému.

Notre vieille amitié...

PIQUENDAIRE.

                Parbleu! que vous importe!
Sur moi, sur vos enfants, une intruse l'emporte.

MUCARADE.

Une intruse!

PIQUENDAIRE.

            Je romps tout commerce avec vous.

MUCARADE, sèchement.

Comme vous l'entendrez.

PIQUENDAIRE.

Je romps l'espoir si doux

Du lien qui devait resserrer la famille :
Mon fils ne sera pas l'époux de votre fille.

MUCARADE, doucement.

Mais ces pauvres enfants vont être désolés !
Laissons-les être heureux malgré nos démêlés.

PIQUENDAIRE.

Non, morbleu ! quelque amour qu'il ait pour sa cousine,
Mon fils ne sera pas gendre d'une coquine.

MUCARADE, sèchement.

Soit; ma fille n'est pas en peine de partis,
Et j'en trouverai cent qui vaudront votre fils.

PIQUENDAIRE.

Je le souhaite, hélas! plus que je ne l'espère;
Car je ne sache pas d'honnête homme et bon père
Qui souffre que son fils entre en une maison
Dont le chef s'est si fort égaré de raison,
Où l'honneur est aux mains d'une femme tarée,
Où tout déréglement a par elle une entrée,
Où les enfants n'auraient enfin devant les yeux,
Pour y dresser leurs mœurs, qu'exemples vicieux.

MUCARADE.

Tenez, séparons-nous là-dessus, je vous prie,
De peur d'envenimer encor la brouillerie.

PIQUENDAIRE.

Aussi bien j'ai tout dit.

MUCARADE.

Adieu donc.

PIQUENDAIRE.

Pour longtemps.

Il sort.

## SCÈNE III.

MUCARADE, seul.

Me voilà donc en brouille avec tous mes parents!
Celui-ci me tenait au cœur, et la rupture
N'a pas été chez moi sans un peu de murmure.
Je ne retrouverai jamais d'ami pareil,
Fidèle, affectueux, franc et de bon conseil...
Ah! Clorinde, l'amour me paiera-t-il sa perte?
— Enfin, il l'a voulu! c'est lui qui me déserte!
Il veut par-dessus tout voir ses conseils suivis
Et renonce à son frère avant qu'à son avis.
Je l'ai toujours connu de la sorte, intraitable,
Cassant, et d'un orgueil souvent insupportable...
Bon homme au fond, je crois, mais n'aimant ses amis
Que s'ils lui sont toujours complaisants et soumis,
Et mettant de côté quiconque lui résiste...
Vraie humeur de vieillard, en somme, et d'égoïste!
— Ma foi, j'en suis fâché! qu'il cherche ailleurs ses gens;
Je suis trop grand garçon pour avoir des régents.
Je ne sais vraiment pas quelle sotte faiblesse
Me faisait partager ses goûts et sa vieillesse;
Mais il m'eût amené, je crois, le vieux pédant!
A me teindre la barbe et les cheveux en blanc;

1.

Il voyait ma verdeur avec un œil d'envie,
Et voulait infuser son chagrin dans ma vie !
Au diable le podagre et ses airs importants !
Je me sens déchargé d'un poids de cinquante ans !
Et ce qui rend l'affaire encor plus agréable,
C'est la personne à qui je m'en vois redevable.
Oui, Clorinde, c'est vous qui m'avez affranchi
D'un tyran sous lequel, sans vous, j'aurais blanchi ;
Et je rends grâce au ciel, qui, pour mon allégeance,
Du côté de l'amour met la reconnaissance !

## SCÈNE IV.

### MUCARADE, CÉLIE, HORACE.

CÉLIE, à Horace dans le fond.

Tâchons de l'attendrir ; tombons à ses genoux.

Ils se mettent à genoux à droite et à gauche de Mucarade.

Ah ! mon père !

HORACE.

Ah ! mon oncle !

MUCARADE.

Eh bien, que voulez-vous ?

HORACE.

Je viens de rencontrer mon père sur la porte...

MUCARADE, tirant sa montre.

C'est midi, mes enfants : il est temps que je sorte.

CÉLIE.

De grâce, écoutez-nous !

MUCARADE.

Je n'ai pas le loisir.

Fausse sortie.

A part.

Au fait, c'est un assaut qu'il me faudra subir :
Autant vaut sur-le-champ que je m'en débarrasse.

Haut.

Voyons.

CÉLIE.

Par vos genoux, mon père, que j'embrasse !...

MUCARADE.

Au fait !

HORACE.

Par cette main que je baise !...

MUCARADE.

Morbleu !

CÉLIE.

Si je suis votre fille...

HORACE.

Et moi votre neveu...

MUCARADE.

Ce dont vous me priez, sans tant de patenôtre,
C'est de sacrifier mon mariage au vôtre ?
Eh bien, je vous réponds que je ne le veux pas,
Que vous y perdriez vos peines et vos pas ;
Bien plus : si le hasard brouillait mon mariage,
Le vôtre pour cela n'irait pas davantage,
Car, tout bien réfléchi, vous êtes tous les deux
Trop jeunes et légers pour serrer de tels nœuds.
Enfin, — et c'est le coup par lequel je termine, —
Comme il te faut, Horace, oublier ta cousine,
Tu ne la viendras plus voir que de loin en loin.

A part.

Ouf !

HORACE.

Vous voulez...

MUCARADE.

Je veux! qu'on ne réplique point.

CÉLIE.

Adieu donc, cher Horace!

HORACE.

Adieu, chère Célie!

CÉLIE.

Mes jours s'achèveront dans la mélancolie!

HORACE.

Et moi, loin de tes yeux je n'ai plus qu'à mourir.

*Mucarade sort précipitamment.*

## SCÈNE V.

### CÉLIE, HORACE.

CÉLIE.

Il ne nous laisse pas le temps de l'attendrir ;
Preuve qu'en son projet il est inébranlable.

HORACE.

Mon père, d'autre part, n'est pas très-pitoyable.

CÉLIE.

Qu'allons-nous devenir entre ces entêtés ?
Hélas ! il faudra bien faire leurs volontés.

HORACE.

Si nous faisons les leurs, qui donc fera les nôtres ?
Le sage doit apprendre à se passer des autres,
Me dit souvent mon père, et je veux aujourd'hui

T'épouser sagement, en me passant de lui.

CÉLIE.

Horace, y penses-tu?

HORACE.

J'y pense.

CÉLIE.

                              Une révolte !

HORACE.

Après le mauvais grain la mauvaise récolte !

CÉLIE.

Il est homme à jamais ne te la pardonner !

HORACE.

Je suis homme à ne pas beaucoup m'en chagriner.

CÉLIE.

C'est parler méchamment.

HORACE.

                              C'est parler, ma Célie,
En homme que l'amour de tout lien délie;
Père, patrie, amis, ne sont de rien pour moi,
Et je peux me passer de tout, hormis de toi.

CÉLIE.

Mais pour nous marier tout seuls, avons-nous l'âge?

HORACE.

C'est vrai, diable !

CÉLIE.

On ferait casser le mariage.

HORACE, à part.

Les morceaux en sont bons.

CÉLIE.

> Quoi! vous riez, monsieur!

HORACE.

Là! ne te fâche pas : je ris à contre-cœur.
Mais, sérieusement, que résoudre, que faire,
A moins de secouer l'autorité d'un père?

CÉLIE.

A tout événement, Horace, jurons-nous
De nous aimer toujours.

HORACE.

> Je le jure à genoux.

CÉLIE.

Et de ne pas souffrir qu'un ordre plus barbare
Par un autre hyménée à jamais nous sépare.

HORACE.

Jurons! et qu'un baiser cimente le serment.

CÉLIE, s'échappant.

Ma parole n'a pas besoin de ce ciment.

HORACE, la poursuivant.

Un baiser, ma Célie, et sans faire la moue.

CÉLIE, s'arrêtant.

Ne te suffit-il pas de mon cœur, sans ma joue?

HORACE.

Et toi, crois-tu beaucoup illustrer ta rigueur
De refuser ta joue, ayant donné ton cœur?

Il l'embrasse.

## SCÈNE VI.

### Les Mêmes, FABRICE.

FABRICE.

Grand bien vous fasse, ami! Le seigneur Mucarade?

HORACE.

Mon oncle...

FABRICE.

C'est votre oncle! Alors, mon camarade,
N'es-tu pas le petit Horace?

HORACE.

C'est mon nom.
Et toi, mon cher ami, comment t'appelle-t-on?

FABRICE.

Tu ne me connais pas?

HORACE.

Non, le diable m'emporte.

FABRICE.

Quoi! dix ans ont-ils pu me changer de la sorte?
C'est de ma longue absence un reproche cruel
Qu'il faille me nommer sur le seuil paternel!
Je suis Fabrice.

CÉLIE.

Dieu!

HORACE, lui tendant la main.

Reçois la bienvenue,
Voici ta sœur.

FABRICE.

Ma sœur?

CÉLIE, à Horace.
                    Qu'il n'a pas reconnue!

FABRICE.

Ah! c'est que dans mon cœur tu n'avais pas grandi,
Et je n'y rapportais qu'un enfant étourdi!
Comme te voilà grande, et timide, et jolie!
Mais as-tu peur de moi? Dans mes bras, ma Célie!

CÉLIE, timidement après l'avoir embrassé.
Notre père est sorti.

FABRICE.

                    Tiens, je n'y pensais plus!
Il est sorti! tant mieux, c'est qu'il n'est pas perclus.
Je le craignais bien vieux, bien vieux, mon pauvre père.

HORACE.

Il n'a jamais été plus gaillard au contraire;
Il gagne un an de moins tous les jours.

FABRICE.

                                        Dieu merci!
Me voilà déchargé de mon plus grand souci!
Je m'accusais déjà de sa décrépitude
Comme d'un fruit amer de mon ingratitude.
Aussi comme je vais lui demander pardon
De mon libertinage et de mon abandon!
A-t-il toujours son air vénérable et sévère?

CÉLIE.

Il rentrera bientôt; vous le verrez, mon frère.

FABRICE.

Eh bien, en l'attendant, parle-moi, chère sœur,
Car j'avais de ta voix oublié la douceur.

CÉLIE.

Aussi, méchant, pourquoi faire une telle absence?

FABRICE.

Longue absence, en effet! ces lieux de mon enfance
Doivent être étonnés du triste voyageur
Qui les avait quittés si jeune et plein d'ardeur!
Qu'ils ont de souvenirs pour moi! tiens, cette glace!

Il s'en approche; après un silence.

Valentine était là, ma Célie, à ta place;
Je lui tournais le dos, feignant de ne rien voir,
Mais je la regardais, tremblant, dans ce miroir :
Car son bouquet cachait une timide lettre
Qu'elle lut, et jeta gaiement par la fenêtre.
Tu les as vus alors par les larmes battus,
O miroir! ces yeux creux et qui ne pleurent plus!

CÉLIE.

Les voilà cependant qui de pleurs se remplissent.

FABRICE.

Ah! que ces souvenirs sont loin et me vieillissent!
Que reste-t-il en moi du jeune homme d'alors?
Je suis encor plus vieux au dedans qu'au dehors!
As-tu vu quelquefois la carcasse noircie
D'un beau feu d'artifice éteint par une pluie?
Je ressemble beaucoup à ce piteux objet.

CÉLIE.

Vous nous raconterez ce que vous avez fait?

FABRICE.

Non, diable! ce n'est pas matière à bréviaire.
J'ai fait un peu de tout, hors de ce qu'il faut faire;
J'ai perdu dans mon cours de vie aventureux

Beaucoup d'illusions, encor plus de cheveux,
Et de cette bagarre en hâte je me sauve,
Heureux de n'en sortir qu'à moitié triste et chauve !

CÉLIE.

Vous restez avec nous ?

FABRICE.

Pour toujours, car je voi
Que le bonheur était entre mon père et toi.
J'ai sottement gâché ma vie à le poursuivre ;
Mais je la recommence en te regardant vivre.
J'ai fatigué mon cœur à tous les carrefours,
Je veux le reposer en aimant tes amours,
Et vieillirai gaiement pourvu que je te voie,
Jeune de ta jeunesse et joyeux de ta joie !
Tu me laisseras bien rôder dans ta maison,
Comme un vieux serviteur, inutile — mais bon ?

CÉLIE.

Ne parlez pas ainsi, cher frère : je vous aime.

HORACE.

Mais pourquoi renoncer à vivre pour toi-même ?

FABRICE.

Je n'en vaux plus la peine, et, d'ailleurs, c'est trop tard.

HORACE.

Il faut te marier.

FABRICE.

Je suis las du hasard.
En outre, je ferais un mari détestable,
Un père médiocre et peu recommandable,
Tandis que je pourrai, si ma sœur y consent,
Fournir à mes neveux un oncle fort décent.

A propos de neveux, parbleu ! je me rappelle
Qu'en entrant je n'ai pas dérangé de querelle,
Ou bien vous en étiez au raccommodement.
A quand le mariage ?

HORACE.

A quand !

CÉLIE.

Hélas !

FABRICE.

Comment ?

Notre amour serait-il traversé !

HORACE.

Par mon père !

FABRICE.

Il refuse pour bru la fille de son frère !
La trouve-t-il trop pauvre, ou de sang roturier ?

HORACE.

Non ; mais mon oncle est près de se remarier.

FABRICE.

Mon père ?

HORACE.

Lui-même, oui.

FABRICE.

Quelle plaisanterie !

CÉLIE.

Hélas ! rien n'est plus vrai.

FABRICE.

Mon père se marie !

A part.
Je vois décidément qu'il n'a rien de perclus,
Et que je me forgeais des remords superflus !

Quelle caducité! malepeste! il se porte
Beaucoup mieux que son fils, ou le diable m'emporte!

Haut.

Il ne va pas, j'espère, épouser un tendron?

HORACE.

Sa femme peut avoir vingt-cinq ans environ.

FABRICE.

C'est une veuve?

CÉLIE.

    Non.

FABRICE.

      Peste! une demoiselle!

HORACE.

Encor moins!

FABRICE.

    Et quoi donc, alors?

HORACE.

             Une donzelle.

Elle vient de Madrid avec un spadassin
Qui lui sert, à son choix, de frère ou de cousin.
Il se donne le *don,* et fait le gentilhomme.
Ils ont tous deux si bien travaillé le bonhomme,
Si bien circonvenu, si bien entortillé,
Qu'avec tous ses amis pour eux il s'est brouillé.
Mon père furieux me refuse Célie
Tant que le sien sera coiffé de sa folie,
Et celui-ci, piqué, me bannit de ces lieux.

CÉLIE.

Ce que vous avez vu n'était que des adieux.

FABRICE.

Ah! mille millions de diables à mes trousses!

Moi qui venais chercher des émotions douces,
L'édification, la règle et le repos...
Certe, il faut convenir que j'arrive à propos !
Il est beau, le foyer paternel, et ce temple
Que je me figurais est d'un touchant exemple !
Pourquoi suis-je venu, morbleu !

CÉLIE.

Pour nous sauver.
Vous seul de ce malheur pouvez nous préserver ;
Vous êtes maintenant le chef de la famille.

FABRICE.

Ah ! ce mot me rappelle ! oui, te voilà ma fille !
Le ciel, que j'accusais, surpasse mon espoir ;
Je ne cherchais que l'ordre, et trouve le devoir !
Eh bien, je suis content ! cette fière pensée
Relève la vigueur de mon âme affaissée ;
Je puis sauver mon père et ma sœur à la fois...
Je ne suis plus sur terre un inutile poids !

HORACE.

Mon oncle t'aime au fond, et suffit qu'il te voie
Pour que son cœur se fonde en paternelle joie ;
Profitons du moment pour frapper les grands coups :
Pendant qu'il est ému tombons à ses genoux...
J'y suis déjà tombé tout à l'heure, n'importe !
Montrons-lui quel désordre ici Clorinde apporte,
Que sa famille en souffre et que lui-même y perd
Le bonheur du seul rôle à la vieillesse offert ;
Ajoutons le tableau, si j'épouse Célie,
D'adorables marmots barbouillés de bouillie
Qui lui tirent la barbe en bégayant son nom ;
Et, parbleu ! la Clorinde est perdue...

### FABRICE.

                    Hélas! non.
Avec tous ses amis il s'est brouillé pour elle.
Voudra-t-il écouter la voix d'un fils rebelle?
Contre ces passions, d'ailleurs, rien n'est puissant,
Ni liens d'amitié, ni même ceux du sang.
L'amour, chez les vieillards, a d'étranges racines
Et trouve, comme un lierre aux fentes des ruines,
Dans ces cœurs ravagés par le temps et les maux,
Cent brèches où pousser ses tenaces rameaux.
Il se prend au besoin égoïste et morose
D'espérer pour soi-même encore quelque chose,
A l'ennui de se voir par d'autres remplacé,
Au souvenir amer de l'heureux temps passé,
Au chagrin d'être laid, en un mot à l'envie
De rebrousser chemin et rentrer dans la vie.
Voilà par quels crampons l'amour lui tient au cœur,
Voilà de quel lien j'attaque la vigueur.

### HORACE.

A ce compte, je vois peu de chances qu'il rompe.

### FABRICE.

La seule est de prouver au vieillard qu'on le trompe,
Qu'on n'a d'amour pour lui qu'à cause de son bien...
Mais ce n'est pas facile, à ne vous cacher rien.

### HORACE.

La drôlesse est habile et sait bien se conduire.

### FABRICE.

L'important est d'abord ici de m'introduire,
Afin d'étudier notre intrigante à fond.

### HORACE.

Pourquoi ne pas venir simplement sous ton nom?

**FABRICE.**

Parce que, si je viens sous mon nom, la gaillarde,
Voyant mon intérêt, va se tenir en garde.

**HORACE.**

Rien de plus simple, prends le premier nom venu.

**FABRICE.**

Et de mon père alors si je suis reconnu?

**HORACE.**

Bon! pour te déguiser n'as-tu pas de recettes?

**CÉLIE.**

Notre père, d'ailleurs, a quitté ses lunettes
Et ne reconnaît plus personne à quatre pas.

**FABRICE.**

A la bonne heure; mais il reste un embarras :
Comment me faire admettre à moins d'être Fabrice?

**HORACE.**

Ah! c'est juste, il faudrait trouver un artifice...

**FABRICE.**

Si je me présentais au nom...

**HORACE.**

                Oui, c'est cela.

**FABRICE.**

Au nom de qui, nigaud?

**HORACE.**

            Ah! de qui...

**FABRICE.**

                        M'y voilà!
J'ai notre affaire. Viens, qu'ici l'on ne me voie,
Je t'expliquerai tout. Enfants, soyez en joie!

Ils sortent tous deux par la porte du fond, Célie par celle de gauche.

<hr>

# ACTE DEUXIÈME

## SCÈNE PREMIÈRE.

### DON ANNIBAL, DOÑA CLORINDE.

Ils entrent par la porte du fond.

CLORINDE.

Personne.

ANNIBAL.

Il faut qu'il soit sorti, le vieux papa.

CLORINDE.

Que dit don Annibal?

ANNIBAL.

Rien : c'est Franca Trippa
Qui s'échappe... Rentrez dans votre peau, maroufle;
Faites le mort, coquin, retenez votre souffle!

CLORINDE.

Observe-toi, de grâce!

ANNIBAL.

Oui-da, franc animal!
N'élevez plus la voix devant don Annibal.

CLORINDE.

Mucarade est allé chez quelque ami sans doute.

ANNIBAL.

Il n'en a plus.

CLORINDE.

Qui sait?

ANNIBAL.

Il promène sa goutte,
Voilà tout; il n'est là rien de bien alarmant.

CLORINDE.

Que veux-tu? J'ai dans l'âme un noir pressentiment.
Toi qui ne crois à rien, tu diras que c'est bête,
Mais ce miroir cassé me trotte dans la tête.

ANNIBAL.

Laisse-moi donc tranquille avec ton sot miroir !
Que veux-tu qu'il arrive?

CLORINDE.

Est-ce qu'on peut savoir?
Il suffit d'un hasard pour nous faire connaître.

ANNIBAL.

Il faut que ce hasard entre par la fenêtre,
Car nous avons fermé la porte à tout venant.

CLORINDE.

Peux-tu d'un tel sujet parler en badinant?

ANNIBAL.

Moi? je tiens plus que toi, ma sœur, à ton douaire.

CLORINDE.

Ne seras-tu jamais qu'un intrigant vulgaire?
Ne peux-tu te hausser à d'autre ambition
Qu'à celle de gagner un méchant million?

ANNIBAL.

Tout doux ! — Les millions sont de bonnes personnes
Qui ne méritent pas le nom que tu leur donnes,
Et l'on n'en cite pas un seul — je dis pas un —
Qui d'aucune façon ait fait tort à quelqu'un.

Mais toi-même, malgré ton mépris magnanime,
Tu ne leur peux, au fond, refuser ton estime,
Et c'est leur témoigner, je crois, assez d'égard
Que consentir pour eux à l'hymen d'un vieillard.

CLORINDE.

Tais-toi, tu n'es qu'un sot. Verrai-je mes pensées
Par ce petit esprit toujours rapetissées?
— L'argent, pauvre cervelle! eh! que me fait l'argent?
Je l'ai toujours traité d'un dédain négligent,
Et j'y tiens aujourd'hui moins que jamais.

ANNIBAL.

La peste!

CLORINDE.

Tout ce qu'il peut donner, j'en ai joui de reste;
Les prodigalités, le luxe, le plaisir,
Ont lassé mon caprice et vaincu mon désir:
J'ai connu, tour à tour mendiante et duchesse,
La dernière misère et l'extrême richesse,
Et j'ai de toutes deux abusé tellement,
Qu'en ce genre pour moi rien n'a d'étonnement.

ANNIBAL.

Tiens!

CLORINDE.

J'ai goûté de tout, et cette folle vie
N'a laissé qu'une chose en moi d'inassouvie.
Pour te rendre d'un mot mon sentiment plus clair,
Je ressemble au marin fatigué de la mer,
Et, comme il porte envie à la tranquille joie
Des rivages heureux que son vaisseau côtoie,
Ainsi je porte envie au monde régulier

Que mon orgueil encor n'a pu que côtoyer.
Je veux faire partie enfin de quelque chose,
Au lieu d'être un jouet dont le hasard dispose;
Je veux m'initier à ce monde jaloux
Qui par son mépris seul communique avec nous;
Je veux mon rang parmi les femmes sérieuses...
Ces mères et ces sœurs, pour nous mystérieuses.
Dont nous ne savons rien, pauvres filles! sinon
Le respect que font voir nos amants à leur nom!

ANNIBAL.

Laisse-moi quelque peu secouer les oreilles...
Je n'ai jamais ouï d'absurdités pareilles!
Je tombe de mon haut. Depuis quand diable as-tu
Tant de vocation pour entrer en vertu?

CLORINDE.

Ah! je n'ai jamais vu de femme mariée,
De bourgeoise en gants noirs, que je n'aie enviée:
Car elle regardait mon luxe avec dédain,
Et c'est si bon d'oser mépriser son prochain!
D'avoir autour de soi des gens à qui l'on tienne
Et dont on ne soit pas traitée en bohémienne,
De ne pas vivre enfin hors le monde et la loi,
Et de se pavaner dans l'estime de soi!

ANNIBAL.

Tu vas donc te conduire en honnête personne?

CLORINDE.

Sans doute.

ANNIBAL.

    Tout de bon?

CLORINDE.

        Qu'est-ce là qui t'étonne?

Les galants à ton gré sont-ils si dangereux,
Qu'on ne puisse aisément se défendre contre eux ?
Je n'ai jamais aimé personne de ma vie.

ANNIBAL.

Je le sais ; mais enfin il peut t'en prendre envie.

CLORINDE.

Impossible ! l'amour demande un cœur dompté
Et se nourrit chez nous d'infériorité ;
Or moi, par un bonheur... qui souvent me chagrine,
Je ne peux pas trouver d'homme qui me domine ;
Les plus spirituels dans mes mains ont tourné
En idiots, en gens à mener par le né ;
Si bien qu'en vérité parfois je me demande
Pourquoi c'est l'homme et non la femme qui commande,
Et d'où peut venir l'air de domination
Qu'affecte ce faux roi de la création.

ANNIBAL.

On voit bien que tu n'as jamais été battue !
Tu mépriserais moins l'homme, fière statue !

CLORINDE.

Peut-être vaut-il mieux n'avoir aimé jamais
Et que le ciel n'ait pas entendu mes souhaits.
L'amour est une guerre entre nous et les hommes
Où, dès qu'ils ne sont plus victimes, nous le sommes ;
Or, dans un tel combat, où tout coup vise au cœur,
Celui qui n'en a pas est toujours le vainqueur.
C'est ainsi que sans chaîne et sans entrave aucune
Dans son cours merveilleux j'ai suivi ma fortune.

ANNIBAL.

Certes, je ne suis pas pour te le disputer.

Ton hymen a de quoi tous deux nous contenter.
Car, à toi, s'il t'assure une belle retraite
Et le droit de jouer à la madame... honnête,
Il me met à l'abri, moi qui veux mourir gras,
Des caprices du sort à l'heure des repas ;
Il m'assure de plus, outre la nourriture,
De quoi conter fleurette à quelque créature ;
Et, comme coqs en pâté, on nous verra tous deux,
Chacun à sa façon, parfaitement heureux !
Mais je l'achète cher, car jusqu'ici mon rôle
Est fatigant...

CLORINDE.

Comment ?

ANNIBAL.

Comment ? ce n'est pas drôle
De faire l'hidalgo fier et silencieux
De peur de rien lâcher qui révolte le vieux ;
De ne pas m'écarter de toi d'une coudée
Pour te donner un air de fille bien gardée ;
De froncer le sourcil en surveillant jaloux
Pour peu que l'impotent se mette à tes genoux !

CLORINDE.

Tout cela, mon ami, n'est pas très-agréable,
J'en conviens, mais...

ANNIBAL.

Dis donc que c'est insupportable !
Toujours faire la moue et sembler sur le gril !
Chaque entretien me laisse une crampe au sourcil.

CLORINDE.

Que l'heure des repas soutienne ton courage.

2.

ANNIBAL.

Oui, parlons-en ! c'est là que je me dédommage !
Pauvre Franca Trippa, tu ne bois plus du tout,
De crainte que le noble Annibal ne soit soûl !

CLORINDE.

Va, nous touchons au but.

ANNIBAL.

Ah !

CLORINDE.

Que ton zèle brille.

ANNIBAL.

On aura le maintien d'un portrait de famille.

CLORINDE.

Surtout surveille-moi plus strictement encor.

ANNIBAL.

Si d'après le dragon l'on juge du trésor,
Ne crains rien.

CLORINDE.

Que ce jour ne me soit pas funeste,
Et, ce danger passé, je me charge du reste.
J'entends des pas, c'est lui, tiens-toi bien.

Annibal se rengorge.

## SCÈNE II.

CLORINDE, ANNIBAL, MUCARADE.

MUCARADE, entrant.

Eh, bonjour,
Étoile de ma vie et déesse d'amour !
Capitaine, salut.

ANNIBAL.

Point de cérémonies.

MUCARADE.

J'aime cette franchise et ces façons unies.

ANNIBAL.

L'habitude des camps !

CLORINDE, bas.

Bien ; pas un mot de plus.

MUCARADE, à part.

N'est-il pas un moyen d'éloigner cet argus ?

Haut.

Il arrive à l'instant de nouvelles recrues
Qui de danse et de chant font rage par les rues :
S'il vous plait de voir l'air qu'ont ces jeunes soldats,
Capitaine, à votre aise; on ne vous retient pas.

ANNIBAL.

Quand on a fait la guerre avec les vieilles bandes,
On n'est pas curieux de telles sarabandes.

MUCARADE.

Ah ! — Nos acteurs forains vous divertiraient mieux ?

ANNIBAL.

Tout théâtre, forain ou non, m'est odieux.

MUCARADE.

Ah ! — De saint Rigomé l'on promène la châsse,
Et l'on gagne indulgence à la voir...

ANNIBAL.

Je m'en passe.

MUCARADE.

Ah ! — Le beau temps invite à goûter sa douceur.

ANNIBAL.

Morbleu! monsieur, mon poste est auprès de ma sœur.

CLORINDE.

Et moi-même je tiens, seigneur, à ce qu'il reste.

ANNIBAL.

Le tête-à-tête effraie une fille modeste.

MUCARADE.

Adorable pudeur!... Que craignez-vous de moi?

CLORINDE.

Je ne sais; mais vos yeux me donnent de l'effroi.

MUCARADE.

Vous la saurez bientôt, vous la saurez, mignonne,
La cause de l'effroi que mon regard vous donne.

ANNIBAL, à part.

Fat!

CLORINDE.

Votre voix aussi me trouble au fond du cœur,
Surtout quand vous chantez ce chant plein de langueur.

MUCARADE.

Vous trouvez donc ma voix un peu touchante?

CLORINDE.

Chantez-moi quelque chose!

ANNIBAL, à part.

Il est bon quand il chante!

CLORINDE.

Prenez la mandoline.

MUCARADE, la prenant.

Obéissons.

CLORINDE.

Merci.

## SCÈNE III.

### LES MÊMES, CÉLIE.

**MUCARADE**, à part.

Ma fille !

*Il cache vivement la mandoline derrière son dos.*

**CLORINDE.**

Chantez donc.

**MUCARADE**, à Célie.

Que viens-tu faire ici ?

**CÉLIE.**

Un étranger, mon père, est là qui vous demande.

**MUCARADE.**

Je n'y suis pas.

**CÉLIE.**

Il a des lettres...

**MUCARADE.**

Qu'il attende !

**CÉLIE.**

De mon frère.

**MUCARADE.**

Ah! qu'il entre! il n'est pas étranger.

**CLORINDE**, bas, à Annibal.

Le miroir tient parole, et voici le danger.

**ANNIBAL**, de même.

Ah! superstitieuse !

**MUCARADE.**

O jour deux fois propice !

Des lettres de mon fils! de mon pauvre Fabrice!
Il n'avait pas encore écrit!... le cœur me bat!
Et je me figurais n'aimer plus cet ingrat!


## SCÈNE IV.

ANNIBAL, CLORINDE, à gauche du théâtre ;
MUCARADE, au milieu ; FABRICE et CÉLIE ; au fond ;

Fabrice est déguisé.


CÉLIE, bas, à Fabrice.

Ce sont eux.

FABRICE, de même.

Bien.

MUCARADE.

Entrez, monsieur.

FABRICE, à part.

Mon pauvre père !

MUCARADE.

Vous arrivez au nom d'une personne chère.

FABRICE, ému.

Quoi ! vous lui pardonnez ?

MUCARADE.

Que n'est-il dans mes bras !

FABRICE.

Ah! s'il vous entendait!

CÉLIE, bas.

Ne vous trahissez pas.

FABRICE, froidement.

Fabrice m'a chargé pour vous de cette lettre.

MUCARADE.

Merci, monsieur, merci... Vous voulez bien permettre?

Il lit.

FABRICE, à part.

La sœur a l'air rusé. Tout bien examiné,
C'est au frère qu'il faut tirer les vers du né.

MUCARADE, après avoir lu.

C'est tout ce qu'il m'écrit pour dix ans de silence?

FABRICE, à part.

Diable! je n'avais pas prévu tant d'indulgence.

MUCARADE.

Dix lignes!

FABRICE, à part.

Dans le fait, je récrirai.

Haut.

Pardon.

J'ai pour vous un envoi plus ample.

MUCARADE.

Donnez donc!

FABRICE.

C'est que... c'est que je l'ai laissé dans ma valise.

MUCARADE.

Le nom de votre auberge?

FABRICE.

Au Grand-Cerf, près l'église.

MUCARADE.

Vite, ma fille, envoie un valet la chercher,
Et dis que l'on prépare une chambre a coucher;

Célie sort.

Car vous n'habiterez de maison que la mienne,
Vous que mon fils m'adresse et veut que je retienne !
Pauvre enfant ! j'aurai joie à m'en entretenir.

CLORINDE, bas, à Annibal.
Voilà des entretiens qu'il nous faut prévenir.

MUCARADE.
Vous êtes son ami ?

FABRICE.
Son ami très-intime.

MUCARADE.
Il me marque pour vous une incroyable estime.

FABRICE.
Je ne puis m'expliquer sa bonne opinion
Que par notre parfaite et constante union.

MUCARADE.
Vous étiez donc unis en frères ?

FABRICE.
Plus qu'en frères !
Il n'écoutait que moi sur toutes ses affaires.

MUCARADE.
Vous étiez son mentor, monsieur Ulric ?

FABRICE.
Hélas !
Il goûtait mes avis, et ne les suivait pas.
Mais, lorsqu'il se trouvait à bout d'extravagances,
Il regrettait cent fois mes sages remontrances,
Et cent fois me jurait qu'on ne l'y prendrait plus...
Inutiles regrets et serments superflus !

MUCARADE.
Oui, oui, le cœur est bon, mais la tête est terrible.

Je suis comme cela, moi, fougueux et sensible...
Mais j'écoute aisément un sage conseiller.

CLORINDE, bas, à Annibal.

Tu l'entends?

ANNIBAL, de même.
Encore un qu'il nous faut renvoyer.

MUCARADE, à Fabrice.

Il a pris un état pour vivre, je suppose,
Car le bien de sa mère était fort peu de chose.

FABRICE.

En moins d'une bouchée il l'eût, je crois, mangé,
Si les faveurs du jeu ne l'eussent allongé.

MUCARADE.

Ici la ressemblance avec son père cesse :
Heureux au jeu, dit-on...

FABRICE.
Malheureux en maîtresse.
Il le fut : il en eut beaucoup; il en eut tant,
Qu'un jour il s'éveilla n'ayant plus rien comptant
Que la cape et l'épée. Il se mit au service,
Et s'appelle aujourd'hui le colonel Fabrice.

MUCARADE.

Colonel à son âge !

A Clorinde.
Il n'a pas vingt-cinq ans.

ANNIBAL.

Ventrebleu !

MUCARADE.
Hein?

ANNIBAL.

Pardon, l'habitude des camps...

FABRICE.

Il est mal informé sans doute de son âge,
Car il se croit trente ans, et même davantage.

MUCARADE.

Il se trompe! parbleu, je connais bien mon fils!
Il se trompe! j'avais quinze ans quand je le fis,
J'en ai quarante, ainsi comptez, ne vous déplaise.

FABRICE.

S'il se savait si jeune, il en serait fort aise.

MUCARADE.

Mes questions, monsieur, doivent vous ennuyer,
Mais vous m'excuserez. C'est un beau cavalier,
N'est-ce pas?

FABRICE.

Sur ce point je garde le silence,
Car on trouve entre nous un peu de ressemblance.

MUCARADE.

J'ai bon œil, et l'avais remarqué tout d'abord;
La couleur des cheveux surtout a du rapport.

FABRICE.

La voix aussi, dit-on.

MUCARADE.

Non, la sienne est plus claire
Et plus fraîche, soit dit pourtant sans vous déplaire.

FABRICE, à part.

Dix ans de plus ont pu m'enrouer, j'en convien.

ANNIBAL, bas, à Clorinde.

Une fois gris, il est mis dehors comme un chien !

CLORINDE, à Mucarade.

Laissez donc à monsieur le temps de prendre haleine,
Seigneur ; vous le pressez de façon inhumaine.

FABRICE.

Ah ! madame...

MUCARADE.

C'est vrai, je ne pense qu'à moi.

CLORINDE.

Votre hospitalité remplit mal son emploi...

ANNIBAL.

Au lieu de l'altérer, on restaure son hôte.

MUCARADE.

Ils ont parbleu raison ! je suis deux fois en faute.
Holà, quelqu'un, holà !

Entre un valet.

Qu'on apporte un en cas.

Le valet sort, puis revient avec un autre, apportant une table
toute servie, qu'ils disposent dans un coin du théâtre.

CLORINDE, à Mucarade.

Pour un tour de jardin donnez-moi votre bras ;
Nous gênerions monsieur par la cérémonie ;
Mon frère, mieux que nous, lui tiendra compagnie.

ANNIBAL, à part.

D'autant que ce matin à peine ai-je mangé.

MUCARADE, à part.

Tête-à-tête charmant qu'elle m'a ménagé !

ANNIBAL, bas, à Clorinde.

Je m'en vais le griser d'abominable sorte !

FABRICE, à part.

Le maraud ne doit pas avoir la tête forte...

CLORINDE, à Mucarade.

Venez-vous?

MUCARADE, à part.

O bonheur! c'est elle qui le veut!
Je m'en vais lui chanter ce doux air qui l'émeut.

Il lui donne le bras, et ils sortent par la gauche.


## SCÈNE V.

### FABRICE, ANNIBAL.

FABRICE, à part.

A nous deux, sacripant!

ANNIBAL, à part.

A nous deux, mon jeune homme!

Ils se mettent à table.

Vous posséderons-nous longtemps?

FABRICE.

Je vais à Rome.

ANNIBAL.

Peut-être vous entrez dans l'Église?

FABRICE.

En effet.

ANNIBAL.

Un bel état, monsieur. — Ce jambon est parfait.

FABRICE.

Il ouvre l'appétit.

ANNIBAL.

Et la soif.

FABRICE.

Il faut boire.

*Ils boivent.*

ANNIBAL.

Une profession tout à fait méritoire,
Monsieur! — Moi qui vous parle, entre autres révérends,
Carmes ou franciscains, qui furent mes parents,
Je cite avec orgueil dom Paul-Grégoire Ignace,
Évêque *in partibus* d'une ville de Thrace.
C'était un très-saint homme, et je suis convaincu
Qu'on l'eût canonisé... s'il avait mieux vécu.
Mais...

*Il parle bas à Fabrice.*

FABRICE.

Vraiment!

ANNIBAL.

Comme j'ai l'honneur de vous le dire...
Et, quand on l'y prenait, il se mettait à rire!
Buvons à la santé de ce pauvre défunt.

*Ils boivent.*

FABRICE.

Attaquons ce pâté, qui m'allèche au parfum.

ANNIBAL.

J'oubliais la santé du pieux dom Sidoine,
Mon oncle maternel, en son vivant chanoine.
On n'en cite qu'un trait, mais qui dura longtemps;
Car c'est d'avoir vécu quatre-vingt-dix-huit ans.

*Ils boivent.*

Çà, de tous mes parents j'ai fêté la mémoire :
Mais n'en avez-vous pas quelques-uns à qui boire?

### FABRICE.

Trois tantes, six cousins et sept frères de lait.

### ANNIBAL.

Trois, neuf, seize... buvons à chacun, s'il vous plaît.
A vos tantes d'abord, ces respectables dames
Qui n'ont jamais brûlé que de pieuses flammes...
En est-il dans le nombre une à succession ?
Nous boirons en détail à son extinction.

### FABRICE.

Toutes ont des enfants.

### ANNIBAL.

Impudiques douairières !

*Il boit.*

Passons à vos cousins. Que sont-ils ?

### FABRICE.

Militaires.

### ANNIBAL.

Militaires ! Tous six ?

### FABRICE.

Comme vous.

### ANNIBAL.

Comme moi ?

Je leur fais compliment.

### FABRICE.

Car vous l'êtes, je crois ?

### ANNIBAL.

Parbleu, si je le suis ! Nous autres gentilshommes !...
J'ai tué de ma main ou blessé dix-huit hommes.

*A part.*

En duel.

On m'a laissé deux fois parmi les morts,
Et, si je vous montrais, monsieur, mon pauvre corps...
Un crible!

FABRICE.

En vérité, monsieur?

ANNIBAL.

C'est à la lettre.
Je suis si laid à nu, que je n'ose m'y mettre.

FABRICE.

La gloire est à ce prix. Buvons à vos exploits!

ANNIBAL.

C'est là tout le profit que j'en tire : j'y bois!
La bouteille est finie, holà!

Entre un valet.

FABRICE.

Du vin d'Espagne.
Et dans quel régiment fîtes-vous la campagne?

ANNIBAL.

Ah! dans quel régiment? dans le Royal-Infant.

Au valet.

Mais ouvrez ce balcon, car l'air est étouffant.

FABRICE, à part.

Est-ce qu'il dirait vrai? tendons-lui quelque piége.

Haut.

J'ai dans ce régiment un ami de collége.

ANNIBAL.

Qui se nomme?

FABRICE.

Artaban.

ANNIBAL.

Je le connais beaucoup.

FABRICE.

Vous êtes bien heureux! buvons encore un coup !
A ce cher Artaban !

ANNIBAL.

Buvons !

FABRICE, à part.

Son œil se trouble.

ANNIBAL.

Ventrebleu ! plus je bois, et plus ma soif redouble !
Regardez-moi ce jus, l'abbé, ce jus divin
Que le monde a nommé modestement du vin !
C'est le consolateur, c'est le joyeux convive
A la suite de qui toute allégresse arrive !
Au diable les soucis, les craintes, les soupçons...
Quand je bois, il me semble avaler des chansons !
Verse encore un couplet, et nargue du tonnerre !
Buvons à plein gosier et chantons à plein verre !
Çà, n'avez-vous plus soif ?

FABRICE.

J'ai fait ce que j'ai pu.

ANNIBAL.

Oyez ce que chantait certain moine trapu.

Il chante.

Le vin est nécssaire,
Dieu ne le défend pas!
Il eût fait la vendange amère
S'il eût voulu qu'on n'en bût pas!

La chanson est jolie, et prouve à l'évidence,

L'abbé, que Dieu n'est pas contraire à la bombance.

FABRICE, à part.

Patience, le vin rend l'homme transparent.

ANNIBAL.

Remarquez que l'enfant vient au monde en pleurant...
Il vit la larme à l'œil... A boire, je vous prie.
L'abbé, la vie est courte !

FABRICE.

Oh! que courte est la vie !

ANNIBAL, chantant.

Quand on est mort, on ne mord plus
    Que la poussière.
Quand on est mort, on ne mord plus,
    On est mordu !

Il boit.

L'ivrognerie, un vice ignoble? Ut! buveur d'eau !...
Un ivrogne ressemble au céleste flambeau,
Au soleil, n'en déplaise à ta vieille faconde :
Tout tourne autour de lui : c'est le centre du monde !
— Mais c'est égal ; la vie est trop courte, mon cher.
Notre âme est immortelle, oui; mais la pauvre chair ?

FABRICE.

Buvez.

ANNIBAL.

Mordieu! trinquons, monsieur l'homme d'Église,
Car je veux vous griser aussi, si je me grise !

FABRICE.

Soit, à votre santé, mon brave.

ANNIBAL.

A ma santé !

Il boit.

3.

Quoiqu'elle vous soit bien égale, en vérité.

FABRICE.

Qui dit cela?

ANNIBAL.

Voyons, pleureriez-vous ma perte,
Si je mourrais demain d'indigestion?

FABRICE.

Certe.

ANNIBAL.

Laissez-moi donc tranquille avec votre amitié !
Peut-être en moins d'un an tu m'aurais oublié !
Oui, va, tu fais semblant de m'aimer, âme vile,
Parce que tu vois bien que je peux t'être utile !...
Que je suis malheureux, mon Dieu, mon Dieu! jamais
Je n'ai pu me fier à ceux-là que j'aimais !
Ah! c'est un lourd fardeau, vois-tu, qu'une âme tendre,
Quand on n'a pas quelqu'un qui vous puisse comprendre!
Mais dis-moi le motif au moins de ton mépris,
Que je me justifie.

FABRICE.

Allez, vous êtes gris.

ANNIBAL.

Moi, gris? c'est qu'il le croit, l'abbé, Dieu me bénisse!
— A preuve, je m'en vais te réciter Phénice,
Et, si je manque un vers (de mon rôle, s'entend),
Tu pourras me traiter de buveur impotent.

FABRICE.

Vous êtes comédien ?

ANNIBAL.

Tiens, il en doute encore!
Je tenais à Madrid l'emploi de matamore!

## SCÈNE VI.

**FABRICE et ANNIBAL, attablés; MUCARADE, CLORINDE.**

CLORINDE.

Non, non, vous ne pouvez quitter votre hôte ainsi.

FABRICE.

Et votre sœur?

ANNIBAL.

Ma sœur était actrice aussi.

CLORINDE.

Vous êtes fou!

ANNIBAL, qui tourne le dos à sa sœur.

Moi, fou, l'abbé? Tu peux m'en croire:
Elle a joué deux ans les Agnès avec gloire.

MUCARADE.

Qu'entends-je?

CLORINDE.

Mais, seigneur, le misérable est gris.

ANNIBAL.

Pas plus que toi, l'abbé! Je sais ce que je dis.
Elle était bonne actrice, et pour telle connue...
C'est de là que lui vient ce maintien d'ingénue
Par lequel aujourd'hui le bonhomme est dupé!

MUCARADE, à Clorinde.

Qu'avez-vous à répondre?

CLORINDE.

Oui, je vous ai trompé.

MUCARADE.

Ouf! je ne puis parler, tant ma surprise est grande!

ANNIBAL, bâillant.

Plus haut, l'abbé, plus haut, si tu veux que j'entende.

Il s'endort sur la table; Fabrice se lève et passe
auprès de Mucarade.

MUCARADE.

Scélérate! c'est donc...

CLORINDE.

Pas d'injures, seigneur;
En daignant vous tromper, je vous faisais honneur.

MUCARADE.

Quoi!...

CLORINDE.

Je n'exige pas votre reconnaissance;
Seulement quittons-nous, de grâce, avec décence...

MUCARADE.

Avez-vous bien le front, malheureuse...

CLORINDE.

Je vois
Que l'on ne peut rien faire entendre à des bourgeois.

MUCARADE, à Fabrice.

Voyez que l'impudente, en coquine parfaite,
Au lieu de se cacher, du haut en bas me traite!

CLORINDE.

Je vous connaissais mal, et rends grâces au ciel
Qui me découvre à temps ce grossier naturel.
Certes, j'allais commettre une belle équipée!
Je ne me plaindrai pas d'avoir été trompée;
Mais vous devez sentir désormais qu'entre nous

Il n'est plus question d'épouse ni d'époux.

MUCARADE.

Vous l'entendez, monsieur !

FABRICE.

                Mon Dieu, que vous importe ?

MUCARADE.

Il ne lui reste plus qu'à me mettre à la porte !

CLORINDE.

Assurément, chez moi, je vous mettrais dehors ;
Chez vous, monsieur, je fais l'équivalent : je sors.

MUCARADE.

Oui, oui, vous sortirez ! mais c'est moi qui vous chasse !

CLORINDE.

Vous me faites pitié.

FABRICE.

                Modérez-vous, de grâce !
Vous, madame, partez.

CLORINDE.

                Je l'entends bien ainsi ;
Mais je ne puis laisser ce malheureux ici...
Faites-moi, je vous prie, avancer une chaise.

FABRICE.

J'y cours.

A part.

Nous triomphons !

                                    Il sort

## SCÈNE VII.

### MUCARADE, CLORINDE; ANNIBAL, endormi.

CLORINDE.

      Ma présence vous pèse;
Mais prenez patience encor quelques instants :
Vous n'aurez pas l'ennui de me voir bien longtemps.

MUCARADE.

Fort bien ! — N'essayez pas au moins de vous défendre !

CLORINDE.

Après vos procédés?... ce serait trop descendre!
Conservez le soupçon, pour vous-même obligeant,
Que votre seul mérite à mes yeux est l'argent.

MUCARADE.

Et quand je le croirais?

CLORINDE.

      Il vous est tout loisible;
Permettez seulement qu'on vous trouve risible;
Car, pour s'abandonner à des soupçons si bas,
Il faut être au moins riche, et vous ne l'êtes pas.

MUCARADE.

Je ne le suis pas?

CLORINDE.

  Non.

MUCARADE.

    Dix mille écus de rentes...

CLORINDE.

Eh! seigneur, ce sont là les fortunes courantes...
On ne se baisse pas pour ramasser si peu,

Et, pour tricher, au moins je jouerais plus gros jeu!

MUCARADE.

Pourtant...

CLORINDE.

Ignorez-vous que les aventurières
Gaspillent tous les jours des richesses princières?
Si j'étais ce qu'ici vous osez soupçonner,
Je prendrais des amants plus longs à ruiner.

MUCARADE.

J'avoue... il est certain... il n'est pas vraisemblable...
Que l'appât de mon bien vous soit considérable...
Cependant, hors mon bien, que convoitez-vous donc?

CLORINDE.

Ce que je convoitais, seigneur? — c'est votre nom,
C'est la gloire de vivre en épouse pudique,
C'est la sérénité du foyer domestique,
Un sort de modestie et de paix revêtu;
Ce que je convoitais enfin, c'est la vertu!
Voilà pourquoi, seigneur, j'ai quitté le théâtre
Et l'applaudissement d'un public idolâtre,
Voilà l'ambition qu'en mon cœur je nourris,
Et qui m'a justement valu votre mépris.

MUCARADE.

Mais, si vous aviez eu l'intention si pure,
Est-ce que vous auriez employé l'imposture?...

CLORINDE.

Mais, tant que vous n'étiez pour moi qu'un étranger,
Rien à me découvrir pouvait-il m'obliger?

MUCARADE.

Il est vrai; mais plus tard vous auriez dû m'instruire.

CLORINDE.

Plus tard... c'était trop tard...

MUCARADE.

Pourquoi?

CLORINDE.

Faut-il le dire?

Je vous aimais, j'étais fière de nos amours,
Et manquais de courage à déranger leur cours.

MUCARADE.

Quoi ! c'était par amour! pauvre petite femme!
— Que je couronnerais volontiers votre flamme!
Hélas! pourquoi faut-il qu'un méchant préjugé
Sous ses absurdes lois ait le monde rangé?

CLORINDE.

Respectez-le, seigneur : vous n'êtes plus dans l'âge
Où l'on rompt follement en visière à l'usage.

MUCARADE.

Plus dans l'âge?...

CLORINDE.

Je quitte un espoir insensé :
Nul ne peut secouer l'implacable passé !
Je vois que la vertu m'est à jamais fermée,
Et retourne à Madrid chercher la renommée
Dont peut-être l'éclat, joint aux folles amours,
D'un semblant de bonheur étourdira mes jours.

MUCARADE.

O Dieu! d'autres amants...

CLORINDE.

Je renonce à la lutte...
Il faut bien succomber si le ciel veut ma chute!

J'avais rêvé pourtant un sort plus glorieux !

MUCARADE.

Ce col, ces mains, ces bras, cette bouche, ces yeux,
Tant de jeunesse... un autre !... épousez-moi, madame ;
Et, si ce n'est pour moi, que ce soit pour votre âme !

CLORINDE.

Non, seigneur. Une femme outragée à ce point
Doit à sa dignité de ne pardonner point.

MUCARADE.

M'est-il donc échappé des mots...

CLORINDE.

        Irréparables.

MUCARADE.

Ah !-la langue maudite ! ah ! langue à tous les diables !
Épousez-moi, madame, et par mes soins soumis...

CLORINDE.

Restons-en là, seigneur, et quittons-nous amis.

MUCARADE.

Quoi !...

CLORINDE.

   Vous avez rendu tout le reste impossible.

MUCARADE.

Craignez mon désespoir, il peut être terrible !

CLORINDE.

Mais, si je vous pardonne aujourd'hui, dès demain
Peut-être vous voudrez retirer votre main ?

MUCARADE.

Je vous épouse avant la fin de la journée.

CLORINDE.

Ah ! la journée est longue et n'est pas terminée.

MUCARADE.

Voulez-vous sur-le-champ dresser notre contrat ?

CLORINDE.

Que vous êtes pressant !...

MUCARADE.

Vous refusez ?

CLORINDE.

Ingrat,

Je le devrais !

MUCARADE.

Victoire ! allons chez le notaire.

CLORINDE.

Tout ce que vous voulez, vous me le faites faire.

MUCARADE.

C'est que vous m'aimez !

CLORINDE.

Ah ! — Partons.

## SCÈNE VIII.

LES MÊMES, FABRICE.

FABRICE.

La chaise est là.

MUCARADE.

Elle arrive à propos.

FABRICE.

Que veut dire cela ?

MUCARADE.

J'étais fou, mon ami ! mais elle me pardonne.
Je vous conterai tout ; n'en parlez à personne.

Clorinde et Mucarade sortant.

## SCÈNE IX.

### FABRICE; ANNIBAL, endormi.

#### FABRICE.

Tonnerre ! le voilà repris comme devant...
Et sans doute il est même enfonce plus avant !
De ces tiraillements c'est l'effet nécessaire,
Si la corde ne rompt, que le nœud se resserre !
— Ah! je vous montrerai, Machiavel en jupons,
Qu'il est d'honnêtes gens plus fins que les fripons,
Et qu'à ruser parfois le pourpoint vaut la jupe.
— L'important est d'abord que vous me croyiez dupe,
Et, par un grand bonheur, rien ne m'est échappé
Par quoi cette manœuvre ait le chemin coupé :
Donc, je suis un niais de pâte maniable
Qui pourrait au besoin vous trouver adorable :
Et de là j'entrevois déjà le traquenard
Où je vous pincerai, méchant petit renard.

Annibal grouille.

Quel est ce grognement ? Ah ! ah ! c'est vous, mon maître.
Parbleu ! si je jetais ce corps par la fenêtre ?
Non. Gardons pour plus tard ce divertissement ;
L'ivrogne me peut être utile en ce moment,
Et c'est un passe-port qu'aucun autre n'égale
Pour faire chez la sœur une entrée amicale.
— Holà ! debout !

#### ANNIBAL.

Au diable !

#### FABRICE.

On sonne le dîné !

Annibal se lève en trébuchant.

Doucement ; prenez garde à votre pauvre né.

ANNIBAL.

Oui, je n'en ai pas d'autre.

FABRICE.

Où votre hôtellerie ?

ANNIBAL.

Sur la place. Offrez-moi votre bras, je vous prie...
Vous me trouvez peut-être un peu lourd ?

FABRICE.

J'ai bon bras...

A part.

Comme sous le bâton plus tard tu le verras.

Ils sortent.

# ACTE TROISIÈME

## SCÈNE PREMIÈRE.

FABRICE, entrant par le fond ; CÉLIE, par la droite.

### FABRICE.

Je viens de rencontrer Horace dans la rue,
Où d'un air si piteux il faisait pied de grue,
Qu'au mépris de ma veste et du respect mondain,
Je lui prêtai mon dos pour sauter au jardin,
Lui promettant de plus que, de hâte non moindre,
Sur mon premier avis tu courrais l'y rejoindre.

### CÉLIE.

Vous me le permettez ?

### FABRICE.

        Je l'ordonne au besoin...
Prenez pour vous la joie et me laissez le soin.

### CÉLIE.

Vous êtes bon !

### FABRICE.

        Parbleu ! ce n'est pas grand miracle !
C'est tout ce qu'a sauvé mon cœur de la débàcle.

### CÉLIE.

Qui nous acquittera vers vous, à notre tour ?

### FABRICE.

Sois heureuse, et c'est moi qui devrai du retour.

### CÉLIE.

Hélas ! nous le serons pourvu qu'on nous marie.

FABRICE.

Et l'on vous mariera, grâce à mon industrie.

CÉLIE.

Vous avez un moyen ?

FABRICE.

Un moyen sûr et clair,
Bâti sur le hasard d'une parole en l'air :
Cette seconde lettre, à mon père promise,
Que j'avais, soi-disant, laissée en ma valise...

CÉLIE.

Oui.

FABRICE.

Je viens de l'écrire et je la lancerai
Lorsque tout d'autre part sera bien préparé.

CÉLIE.

Que dit-elle ?

FABRICE.

Elle dit que je suis... On vient... Preste !
Disparais ! ton cousin te contera le reste.

Célie sort.


## SCÈNE II.

### FABRICE, MUCARADE, CLORINDE.

FABRICE, à part.

Il était temps.

MUCARADE.

Monsieur mon hôte, serviteur.

CLORINDE, bas.

Ne lui permettez pas d'avis.

MUCARADE, de même.

N'ayez pas peur.

FABRICE, à part.

Voyons venir.

MUCARADE.

Je viens, monsieur...

A part.

Il m'intimide :
C'est un petit esprit à me trouver stupide !...
Bah ! courage !

Haut.

Je viens... J'ai l'honneur... En un mot,
Je vous présente ici ma femme, ou peu s'en faut.
Ma conduite peut être absurde aux yeux du monde,
Mais son avis n'est pas le terrain où je fonde,
Entendez-vous, monsieur ? Sachez que je m'en ris !
J'ai son opinion en souverain mépris !

FABRICE.

Quand on en est gêné l'on ne saurait mieux faire.

MUCARADE.

Qu'elle me gêne ou non, jamais je n'y défère,
Et je tiens pour un sot et pour un ignorant
Quiconque est là-dessus d'un avis différent.

FABRICE.

C'est d'un homme sensé.

MUCARADE.

Je suis fier qu'on me blâme,
Monsieur ; mais je prétends qu'on respecte ma femme.

FABRICE.

J'ai pour elle, monsieur, plus de respect que vous :

Quand vous l'accabliez d'un injuste courroux,
N'osant pas m'opposer à votre violence,
Je vous en ai blâmé du moins par mon silence,
Et madame est témoin que je me tenais coi.

CLORINDE.

Il est vrai que monsieur n'a rien dit contre moi.

FABRICE.

Mais si je me taisais, monsieur, croyez sans faute
Que c'était seulement par respect pour mon hôte,
Car votre emportement m'indignait...

MUCARADE.

Se peut-il?
Ah! le charmant garçon! qu'il est bon et gentil!
Ainsi vous me trouviez stupide?

FABRICE.

Sauf le terme.

MUCARADE.

Ne me ménagez pas, cher ami, poussez ferme.
Ah! l'aimable garçon!

CLORINDE, à part.

Et moi qui le craignais!

MUCARADE.

J'étais un imbécile, un butor, un niais:
Et, malgré tout cela, dans sa clémence extrême,
Elle m'a pardonné... hein! faut-il qu'elle m'aime!

FABRICE.

C'est beaucoup de grandeur, certes, mais rien de grand,
Madame, qui viendra de vous ne me surprend.
Vous quittez le théâtre, et de telles retraites
Supposent forcément mille vertus secrètes :

La fierté, la pudeur, un besoin délicat
D'être aimée et d'aimer sans faste et sans éclat,
Enfin je ne sais quoi de modeste et de tendre
Qui veut des dévouements obscurs pour se répandre

CLORINDE, à part.

Quel étrange regard !

FABRICE, à part.

Le poisson a mordu.

MUCARADE.

Mais le charmant garçon ! et quel malentendu
Me faisait redouter un conseiller si sage ?
Çà, quel est votre avis touchant mon mariage ?

FABRICE.

Ah ! monsieur, que ne puis-je en trouver un pareil !

MUCARADE.

Je veux aveuglément suivre votre conseil.

FABRICE, à part.

Elle doit me trouver fort sot. — Le matamore !


## SCÈNE III.

### LES MÊMES, ANNIBAL.

ANNIBAL.

Vous me mandez, dit-on ?

FABRICE, à part.

Il ne sait rien encore.

CLORINDE.

Remerciez monsieur, qui vous pardonne.

ANNIBAL.

Quoi ?

FABRICE.

Vos incongruités de tantôt.

ANNIBAL.

Hein ?

CLORINDE, bas.

Tais-toi.

ANNIBAL.

Mais ne puis-je savoir ce que l'on me pardonne,
Sous serment de jamais n'en parler à personne ?

FABRICE.

Ne vous souvient-il plus de vous être grisé ?

ANNIBAL.

Quelquefois.

FABRICE.

Ce matin.

ANNIBAL, à part.

Diable ! aurais-je jasé ?

FABRICE.

Vous m'avez raconté...

ANNIBAL.

Bon ! il ne faut pas croire
Les divagations d'un buveur après boire.

MUCARADE.

Si fait, car la vertu de votre aimable sœur
Y prend un nouveau lustre aux yeux d'un connaisseur.

ANNIBAL, à part.

Prodigieux ! Que puis-je avoir dit à ce compte ?

MUCARADE.

Je hais les préjugés, mon cher, et les affronte.
Votre main, mon beau-frère.

ANNIBAL.

Ah! ce m'est trop d'honneur.

FABRICE.

Je vous demande aussi votre amitié, seigneur.

ANNIBAL.

Monsieur, je vous l'accorde, et j'espere la vôtre.

A part.

Ah çà, décidément l'on me prend pour un autre.

MUCARADE.

Il faudra, s'il vous plaît, venir voir le contrat.

ANNIBAL.

Je m'en rapporte à vous, et suis trop délicat.

MUCARADE.

Je le veux.

FABRICE, à part.

A mon tour.

Haut.

Souffrez que vous quitte ;
A quelques pas d'ici je dois faire visite...

MUCARADE.

A votre aise, mon cher.

FABRICE, fausse sortie.

Étourdi que je suis!
J'oubliais... devinez!

MUCARADE.

La lettre de mon fils...
C'est juste! Je l'avais comme vous oubliée!
Un pére!

FABRICE.

La voici soigneusement pliée.

MUCARADE.

A triple sceau.

FABRICE, saluant.

Seigneur!...

A part.

Ils seront du secret.
Ou mon père serait devenu bien discret.

Il sort.

# SCÈNE IV.

## MUCARADE, CLORINDE, ANNIBAL.

MUCARADE, ouvrant la lettre.

Je suis à vous.

Il lit.

ANNIBAL, bas, à Clorinde.

Oh çà, qu'ai-je pu dire en somme?

CLORINDE.

Tout, mais rien qu'il ne pût pardonner.

ANNIBAL.

Le pauvre homme!

MUCARADE.

Que vois-je, mes amis... c'est un prince!

CLORINDE.

Qui?

MUCARADE..

Lui!

ANNIBAL.

Moi?

CLORINDE.

Nigaud!

ANNIBAL.

On me fait tant d'honneurs aujourd'hui?

MUCARADE.

Qui l'aurait deviné? ce jeune homme! mon hôte...

CLORINDE.

Je n'en suis pas surprise : il a la mine haute.

ANNIBAL.

Allons donc! son pourpoint et son feutre fané
Indiquent tout au plus un prince ruiné.

MUCARADE.

Plus on est grand, et plus il faut qu'on se déguise.
Mon fils m'écrit... mais non... le trouble, la surprise,
M'étranglent... Lisez, vous.

Il donne la lettre à Clorinde.

CLORINDE, lisant.

« Mon cher père, Ulric n'est pas un bourgeois de Mu-
« nich, ainsi que j'ai été forcé de vous le dire dans sa
« lettre d'introduction. C'est le prince d'Heidelberg, un
« des plus riches de l'Allemagne; il voyage déguisé,
« par esprit romanesque, cherchant une femme dont il
« soit aimé pour lui-même. Ne laissez pas échapper
« une si belle occasion de marier ma sœur; elle doit
« être charmante, et le prince ne tient ni au bien ni à
« la naissance. »

MUCARADE.

N'est-ce pas un roman?

ANNIBAL.

Rien n'est plus naturel chez un prince allemand.
Les gens de ce pays sont d'humeur si baroque!

4.

#### MUCARADE.

Gardez votre cher fils, mon frère, l'on s'en moque !
Ah ! vous enragerez, monsieur le délicat,
Lorsque vous me verrez pour gendre un potentat !
Un prince, Dieu puissant ! Mais pourvu que Célie
Veuille bien se prêter à lui sembler jolie !...
La sotte est romanesque, et le petit cousin
Pourrait mettre en son cœur obstacle à mon dessein...

#### ANNIBAL.

Les filles, à seize ans, sont tôt persuadées.

#### MUCARADE..

Non, non ! Célie est ferme en ses jeunes idées ;
L'innocente m'a fait cent réponses déjà
Où je n'aurais pas cru que son esprit songeât.
Je suis si maladroit et son humeur est telle,
Que je gâterai tout pour peu que je m'en mêle...

A Clorinde.

Vous seule la pourriez peut-être manier.

#### CLORINDE.

Croyez-vous ?

#### MUCARADE.

Essayons. — Je vais vous l'envoyer.

Il sort.

## SCÈNE V.

### CLORINDE, ANNIBAL.

#### ANNIBAL.

Le bonhomme te donne un singulier office.

#### CLORINDE, pensive.

C'est décidé. J'en dois faire le sacrifice.

ANNIBAL.

Sacrifice de quoi ?

CLORINDE.

Du prince. Je pourrais
L'épouser, et le cède à d'autres sans regrets.

ANNIBAL.

Tu pourrais l'épouser ? toi ? ce prince ?

CLORINDE.

Sans doute.

ANNIBAL.

Mais, chère enfant, il sait ton histoire !

CLORINDE.

Pas toute.
Et ce qu'il en connaît, bien loin de m'avoir nui,
M'a mise en bonne odeur de vertu près de lui.
Sans plus amples détails, tu ne me crois pas folle :
Je pourrais l'épouser, je le peux, ma parole !

ANNIBAL.

Je te croirais assez, n'était un petit point :
Tu dis que tu le peux et que tu ne veux point.
Pour être vrai, mon cœur, c'est trop noble ou trop bête.

CLORINDE.

N'est-ce pas que c'est bien et d'une femme honnête ?
N'est-ce pas que je peux sans scrupule à présent
Prendre place parmi ce monde méprisant,
Et que j'y paye assez mon droit de bienvenue
Pour ne pas y rougir comme une parvenue ?
O mon frère ! sens-tu quel légitime orgueil
C'est d'entrer là sans mettre un masque sur le seuil !
Ce n'est plus mon fantôme, une apparence vaine,

Qu'à ce rang souhaité j'introduis à grand'peine,
C'est moi-même, c'est moi, c'est ma réalité,
Qui respire à son aise en pleine honnêteté!

ANNIBAL.

Et c'est pour un motif de vanité si mince
Qu'on te voit dédaigner l'alliance d'un prince?
Prends-le, morbleu! s'il est prenable dans tes rets!
Tu pourras toujours être honnête femme après.

CLORINDE.

Non, l'heure m'en serait à tout jamais ravie,
Car je suis au dernier carrefour de ma vie;
Si je ne change pas de route en ce moment,
Je ne trouverai pas un autre embranchement.

ANNIBAL.

Faut-il n'être qu'un âne et ne pouvoir répondre!
Une poule aux œufs d'or qui refuse de pondre!...

CLORINDE.

Et de quoi te plains-tu, parasite effronté?
Ne peux-tu te tenir où je t'ai transporté?
Nous avons assez fait le mal de compagnie;
Ne demande plus rien, ô mon mauvais génie!
Laisse-moi désormais, si je puis oublier,
Avec le monde et moi me réconcilier.

ANNIBAL.

L'infortunée!... Elle est stupide! elle est stupide!

## SCÈNE VI.

Les mêmes, CÉLIE.

CLORINDE, bas.

Voici Célie. — Admire un peu cet œil limpide,

Cette fière innocence, et comme la fraîcheur
Qui brille sur sa joue y monte bien du cœur!
Depuis que je n'ai plus à lui porter envie,
Je l'aime, cette enfant de pureté suivie!

ANNIBAL.

Admire ta vertu jusqu'en celle d'autrui !

*Il s'assied dans un coin.*

CLORINDE, *s'approchant de Célie.*

Vous ne me fuyez pas, mon enfant, aujourd'hui...
Si vous saviez combien vous me faites de joie!

CÉLIE.

Un ordre de mon père auprès de vous m'envoie.

CLORINDE.

Un ordre? Fallait-il un ordre pour cela,
Et se peut-il vraiment que nous en soyons là?
Mais, pour me regarder comme votre ennemie,
Lisez-vous de la haine en ma physionomie?
Ah! qui pourrait ouvrir mon cœur n'y trouverait
Qu'un tendre attachement à s'épancher tout prêt.

CÉLIE.

J'ignore, en ce discours, si vous êtes sincère,
Madame, mais je dois souhaiter le contraire,
Car dans les sentiments c'est un grand embarras
Lorsque l'on est aimé de ceux qu'on n'aime pas.

CLORINDE.

Pour que mon amitié vous soit fâcheuse à croire,
On m'a donc peinte à vous d'une couleur bien noire?

CÉLIE.

On m'a dit... Ce que j'ai, grâce à vous, entendu,
Madame, à mon oreille encor n'était pas dû.

— Cet entretien me cause une gêne cruelle...
Permettez-moi...

CLORINDE.

Non, non ! restez, mademoiselle,
Car, pénible pour vous et pour moi douloureux,
Cet entretien pourtant importe à toutes deux.

CÉLIE.

Mon Dieu, je ne suis pas votre juge, madame.

CLORINDE.

Vous me jugez pourtant, et d'un sévère blâme !
Oui, ma vie est coupable, oui, mon cœur a failli...
Mais vous ne savez pas de quels coups assailli !
Comment le sauriez-vous, âme chaste et tranquille,
A qui la vie est douce et la vertu facile,
Enfant, qui pour gardiens de votre tendre honneur,
Avez une famille et surtout le bonheur !...
Comment le sauriez-vous ce qu'en ses froides veilles
La pauvreté murmure à de jeunes oreilles ?
Vous ne comprenez pas, n'ayant jamais eu faim,
Qu'on renonce à l'honneur pour un morceau de pain.

CÉLIE.

J'ignore ce que peut conseiller la misère ;
Mais suivre ses conseils n'est pas si nécessaire
Qu'on ne voie, en dépit de la faim et du froid,
Plus d'une pauvre fille honnête et marchant droit.

CLORINDE.

Ah ! celle-là déploie un courage sublime,
Sans doute ; admirez-la, mais plaignez la victime.

CÉLIE.

Oui, d'avoir préféré par un honteux effort

L'infamie au travail, à la faim, à la mort;
Oui, de s'être à jamais de l'estime bannie
En troquant le malheur contre l'ignominie;
Oui, si le mot peut être en ce sens employé,
Je la plains de ne plus mériter de pitié.

CLORINDE.

Voilà votre clémence! — Ainsi rien, dans ce monde,
Ni repentir amer, ni souffrance profonde,
Ni résolution ferme pour l'avenir,
Demandant mon pardon, ne pourra l'obtenir?

CÉLIE.

Vous me faites parler sur d'étranges matières,
Et mon esprit sans doute y manque de lumières;
Mais, puisqu'à prononcer il se trouve réduit :
Qui déteste sa faute en doit haïr le fruit;
Vos remords sont douteux s'ils vous laissent l'audace,
Madame, d'usurper plus longtemps cette place.

CLORINDE.

Je ne la souille plus et n'en dois pas sortir!
J'ai d'une autre façon prouvé mon repentir,
Oui, par une action si noble et si loyale,
Que des plus généreux elle me fait l'égale!
J'ai toutes les vertus du rang que j'usurpais :
Ma conscience peut le retenir en paix!

CÉLIE.

Votre bonne action — car je veux bien y croire —
N'est qu'un commencement de l'œuvre expiatoire.
La vertu me paraît comme un temple sacré :
Si la porte par où l'on sort n'a qu'un degré,
Celle par où l'on rentre en a cent, j'imagine,
Que l'on monte à genoux, en frappant sa poitrine.

CLORINDE.

Comme ils se tiennent tous ! et comme les parents
Dressent les premiers-nés à n'ouvrir pas les rangs !
O race des heureux ! phalange impénétrable
Qui rendez le retour impossible au coupable,
Faisant au repentir un si rude chemin,
Qu'on ne peut y marcher avec un pied humain,
Vous répondrez à Dieu des âmes fourvoyées
Que vos rigueurs auront au vice renvoyées !

CÉLIE.

Dieu, dites-vous ? — Sachez que les honnêtes gens
Trahiraient sa justice à vous être indulgents !
Car votre arrêt n'est pas seulement leur vengeance :
C'est l'encouragement et c'est la récompense
De ces fières vertus qui dans un galetas
Ont froid et faim, madame, et ne se rendent pas.

CLORINDE.

Assez, mademoiselle, assez !

CÉLIE.

                    Je me retire ;
Je vous en ai dit plus que je n'en voulais dire...
Adieu. C'est la première et la dernière fois
Que sur de tels sujets j'ose élever la voix.

Elle sort.

## SCÈNE VII.

### ANNÌBAL, CLORINDE.

ANNIBAL.

La petite est assez revêche en reparties.
— Que te semble l'accueil qu'on fait aux repenties ?

CLORINDE.

Je ne me repens plus... que de mon repentir !

ANNIBAL.

Allons donc !

CLORINDE.

Ah ! voilà comme on sait compatir !...
C'est bien. Mais, puisque j'ai le châtiment du vice,
Je veux aussi, j'en veux avoir le bénéfice !
Je monterai si haut l'objet de leur mépris,
Que l'envie à leur cœur en apprendra le prix !

ANNIBAL, saluant.

Princesse !

CLORINDE.

Oui, je le suis ! — Certes, j'étais bien bonne
De faire à ces bourgeois l'honneur de ma personne !
Qu'importe à des esprits vraiment intelligents
L'estime ou le dédain de ces petits gens !

ANNIBAL.

Bien dit.

CLORINDE.

On me repousse ? Eh bien, j'en suis contente !
Ma fortune en sera d'autant plus éclatante !
Aussi bien, il n'est rien d'ignoble en mon projet.

ANNIBAL.

Parbleu !

CLORINDE.

Le prince est beau...

ANNIBAL.

Superbe !

CLORINDE.

Il est bien fait...

ANNIBAL.

Un Apollon !

CLORINDE.

Sa joue est un peu creuse et pâle,
Mais il porte en son air je ne sais quoi de mâle,
Et son regard tranquille a certaine façon
De s'appuyer sur vous qui donne le frisson...

ANNIBAL.

Ah ! ne m'en parle pas ! J'ai frissonné moi-même.

CLORINDE.

Je sens que je pourrai l'aimer, et, si je l'aime,
Ce n'est plus le tromper que l'épouser !

ANNIBAL.

Parbleu !
— Mais lui, de son côté, crois-tu qu'il prenne feu ?

CLORINDE.

L'incendie est tout prêt, que son âme recèle :
Pour le faire éclater il faut une étincelle...

ANNIBAL.

Très-bien, et tu t'entends à battre le briquet !...
Allons, Franca Trippa, faites votre paquet,
Séparons-nous ! — Je suis membre de la noblesse,
Chambellan, maréchal... J'épouse une duchesse...
Les duchesses, morbleu ! c'est mon goût dominant !
Je l'ai peu satisfait jusques à maintenant.

CLORINDE.

Chut ! le prince.

## SCÈNE VIII.

### LES MÊMES; FABRICE, au fond.

**ANNIBAL, bas.**

Je prends mon maintien de parade.

**CLORINDE, de même.**

Va plutôt occuper le seigneur Mucarade.

**ANNIBAL, de même.**

Compris.

**Haut.**

Combien cela coûte-t-il? deux ducats :
Tu l'auras dans l'instant, car je cours de ce pas...

**A Fabrice.**

Pardon, monsieur... Je vais chez un marchand de soie.

**FABRICE.**

Ah!

**A part.**

La sortie est fine et digne de cette oie.

*Annibal sort ; Clorinde s'assied.*

## SCÈNE IX.

### CLORINDE, FABRICE.

**FABRICE, à part.**

Tâchons que ma candeur ait un air naturel.

**Haut.**

Il nous laisse, madame, et j'en rends grâce au ciel ;
Car je ne vous ai pas encore assez pu dire
Quelle admiration votre vertu m'inspire.

**CLORINDE.**

La vertu vous est donc un spectacle nouveau ?

FABRICE.

Ah ! je n'ai jamais rien rencontré d'aussi beau
Qu'une femme dont l'âme immaculée et pure
Du vice environnant a défié l'injure,
Et qui, pour se garder toutefois du hasard,
Résigne sa jeunesse à l'hymen d'un vieillard !
Mais ce qu'à mon souhait aucun terme n'exprime,
C'est ce raffinement d'un mensonge sublime
Quand vous persuadez au vieillard amoureux
Qu'il est payé d'amour, afin qu'il soit heureux.
Ce trait seul à mon gré dépasse tout le reste
Et part d'une vertu surhumaine et céleste.

CLORINDE.

Puisque je me dévoue à son bonheur, je veux
Qu'il ne soupçonne pas ce qui manque à ses vœux,
Car c'est le seul moyen qui soit en ma puissance
De m'acquitter vers lui de ma reconnaissance.

FABRICE.

Ange de dévouement, de grâce et de douceur !

A part.

Je crois qu'un petit temps de silence rêveur,
Au point où nous voilà, peut avancer l'affaire.
La meilleure éloquence est parfois de se taire.

CLORINDE, à part.

Trouble, maintien gêné... Ne l'interrompons pas.
Rien ne hâte l'amour comme cet embarras :
Ce que dirait une heure, un seul instant le pense.

FABRICE, à part.

Que de stupidités m'épargne ce silence !
Et que de mots émus la dame y sous-entend !...

Je ne crois pas jamais en avoir dit autant.

CLORINDE, à part.

Qu'il a donc l'air penaud à tortiller son feutre !

FABRICE, à part.

Elle doit me trouver un bon maintien de pleutre.

CLORINDE, à part

Allons, décidément c'est encore un niais.
C'est donc l'arrêt du ciel que je n'aime jamais ?

FABRICE, à part.

Suis-je déjà croyable à dire que je brûle ?...
Oui, jamais sur ce point femme n'est incrédule.

CLORINDE, à part.

Que d'adorations il s'amasse dans lui !
Que de sensiblerie et d'hélas ! — Quel ennui !

FABRICE, à part.

Sommes-nous deux chasseurs, ou sommes-nous deux lievres?

CLORINDE, à part.

Tout son cœur maintenant doit être sur ses lèvres ;
Faisons-le s'expliquer.

Haut.

A quoi pensez-vous donc ?

FABRICE.

A quoi, madame ? hélas !

CLORINDE.

Vous soupirez ?

FABRICE.

Pardon...

Eh bien, oui, je soupire, et c'est trop me contraindre !
Je vous aime, madame !

### CLORINDE.

O ciel !

### FABRICE.

J'aurais dû feindre ;
Mais j'étouffais... Croyez que si je m'enhardis...
Ayez pitié de moi... Sais-je ce que je dis ?...
Je vous aime, et c'est tout ce que je sais, madame !

**A part.**

Ce désordre peint bien le trouble de mon âme.

### CLORINDE.

Je suis bien malheureuse !

### FABRICE.

Oh ! vous pleurez ?

### CLORINDE.

Hélas !
Et comment voulez-vous que je ne pleure pas ?
Le coup m'est trop cruel de me voir outragée
Par le seul dont j'ai pu me croire bien jugée !

### FABRICE.

Qui, moi, vous outrager !... Moi dont le cœur épris...

### CLORINDE.

Votre aveu marque moins d'amour que de mépris,
Car, sans l'espoir secret de m'y trouver facile,
Vous n'en auriez pas fait l'entreprise inutile.

### FABRICE, à part.

C'est vrai.

**Haut.**

Je suis si loin d'un insolent espoir,
Madame, que je prends congé de vous ce soir.

### CLORINDE.

Vous partez ?

FABRICE.

Oui, je pars. Voulez-vous que je reste
Pour servir de témoin à cet hymen funeste?

CLORINDE.

Oui, vous avez raison; oui, partez... Il le faut,
Pour vous d'abord et pour... Vous m'oublierez bientôt.

FABRICE.

Jamais! jamais, madame!

LORINDE.

Est-ce bien vrai?

FABRICE.

Cruelle!

En doutez-vous?

CLORINDE.

Oh! non; car moi, je me rappelle,
Je me rappellerai toujours votre... amitié...
Le reste, mon devoir veut qu'il soit oublié :
N'est-ce, pas mon ami?

FABRICE.

Votre ami! Je suis digne
De ce nom triste et doux, puisque je m'y résigne.

CLORINDE.

Oh! merci! — Mais soyez tout à fait généreux;
Partez sans me revoir, sans me faire d'adieux.

FABRICE.

Sans vous revoir? Cela dépasse la mesure
De mes forces...

CLORINDE.

Pourquoi creuser votre blessure?

FABRICE.

Pour la rendre éternelle et pour n'en pas guérir,
Car c'est tout mon bonheur désormais d'en souffrir.

CLORINDE.

Et si c'est moi qui crains de vous revoir?...

FABRICE.

Qu'entends-je?

CLORINDE.

Non, ne me croyez pas... Je suis folle!

FABRICE.

Cher ange!
Ne me refusez pas un dernier entretien.
On entend des pas à la porte.

CLORINDE, vivement.

Eh bien, après souper, ici.

FABRICE, à part.

Bon! je la tien.


# SCÈNE X.

### LES MÊMES, MUCARADE, ANNIBAL.

MUCARADE.

Bonjour, monsei... mon cher, dis-je... C'est incroyable
Comme ma langue fourche! Allons nous mettre à table.

FABRICE.

Veuillez m'en dispenser, monsieur; je n'ai pas faim.

MUCARADE.

Tant pis, mon cher : manger est un usage sain.
A votre aise, au surplus : je ne gêne personne.
Qui veut souper me suive; entendez-vous, mignonne?

CLORINDE.

Allons.

*Mucarade sort le premier, Clorinde se trouve près d'Annibal.*

ANNIBAL, bas.

Eh bien ?

CLORINDE, bas.

Tu vois : il en perd l'appétit.

ANNIBAL, de même.

C'est ce que les amants nomment perdre l'esprit.

*Ils sortent.*

# SCÈNE XI.

FABRICE, seul.

Un amant bien atteint doit se mettre à la diète,
Ou, s'il mange, du moins doit manger en cachette.
Venez, belle Clorinde, au cabaret prochain,
Et vous verrez un peu comme je n'ai pas faim !

*Il sort.*

# ACTE QUATRIÈME

## SCÈNE PREMIÈRE.

HORACE, escaladant le balcon.

Mon oncle me défend sa porte, mais peut-être
N'a-t-il pas entendu défendre sa fenêtre.
S'il s'est mal expliqué, j'en suis fort innocent;
Il s'expliquera mieux, d'ailleurs, en me chassant.
Ils sont tous attablés, sauf Célie et Fabrice :
Que leur bon appétit me serve de complice!

Il va à la porte de l'appartement de Célie.

Célie! eh! ma Célie!

CÉLIE, entrant.

Oses-tu revenir!

HORACE.

Ne crains rien, le souper n'est pas près de finir.
J'avais à te parler.

CÉLIE.

Fais vite.

HORACE.

Je t'admire!
Fais vite! Penses-tu que deux mots vont suffire?

CÉLIE.

Qu'as-tu donc à me dire?

HORACE.

Eh parbleu! rien du tout...
Aussi je parlerais cent ans sans être au bout.

CÉLIE.

Cher Horace... j'entends des pas... Va-t'en... je tremble.


## SCÈNE II.

### LES MÊMES, FABRICE.

FABRICE.

Ne vous dérangez pas, je vous cherchais ensemble.
Clorinde dans mon piége a donné pleinement :
Il faut tout préparer pour un enlèvement.

HORACE.

Tu la veux enlever?

FABRICE.

Est-il une autre preuve
Dont la crédulité de mon père s'émeuve?
Il n'est, après cela, d'argument si subtil
Qui le puisse abuser, même le voulût-il.

HORACE.

Où conduis-tu la dame?

FABRICE.

En mes États, sans doute!
— Mais je compte abdiquer mes dignités en route.

HORACE.

Parbleu! je voudrais être à l'abdication,
Pour voir notre intrigante et sa confusion.

FABRICE.

Je te la conterai. — Tiens prête une voiture
Avec tout ce qu'il faut en pareille aventure.

HORACE.

La belle a consenti?

FABRICE.

Pas encor : seulement
Elle a tout préparé pour son consentement. .
Je vais donner l'assaut et soigner la manœuvre :
Mais j'ai besoin de vous pour achever mon œuvre.

HORACE.

A quoi sommes-nous bons?

FABRICE.

A m'enseigner mon jeu :
Je fais l'amant candide; or je le suis fort peu,
Et ma mémoire, à qui vainement je m'adresse,
Ne fournit pas un mot de naïve tendresse.
— Un silence rêveur m'a tantôt secouru;
Ce que je n'ai pas dit, aisément on l'a cru;
Mais, pour qu'à ma parole aussi l'on puisse croire,
Je viens à vos amours rajeunir ma mémoire.
Allons, bel amoureux, montre-moi de quel ton
L'amour s'exprime avant d'avoir barbe au menton.

HORACE.

C'est très-embarrassant, mon cher.

FABRICE.

Quelle corvée!
Dis ce que tu disais avant mon arrivée.

HORACE.

Je disais... que l'amour de mystère a besoin,
Et qu'à l'effaroucher il suffit d'un témoin.

FABRICE.

Est-ce que j'en suis un? est-ce que je fais nombre?
Pourquoi vous gêner plus pour moi que pour votre ombre?

CÉLIE.

Mon ombre en pareil cas me gênerait, je croi,
Si pendant que je parle elle était devant moi.

HORACE.

C'est vrai! — Te souvient-il de la chère avenue
Où ton âme me fut tout entière connue?

A Fabrice.

— Marchant vers le soleil, je lui parlais d'amour;
Nos ombres nous suivaient, quand un fatal détour
Les mit devant nos yeux... au moment, ma Célie,
Où tu disais le mot qui pour jamais nous lie...
Fut-ce l'ombre ou l'aveu qui rompit l'entretien?
Nous rentrâmes chez nous sans plus ajouter rien.

CÉLIE.

Oui; mais le doux silence et les douces pensées!
Nos âmes se taisaient, de quel bonheur pressées!
Te souvient-il encor de la beauté des cieux
Et comme autour de nous tout souriait aux yeux?
— Ah! c'est nous qui riions à la nature entière
Et nos cœurs qui versaient aux cieux tant de lumière.

HORACE.

Que le chemin fut court qui ramenait chez nous!

CÉLIE.

En arrivant au seuil, tu tombas à genoux,
Tu me baisas la main sans dire une parole,
Et du côté des champs tu pris ta course folle.

HORACE.

J'avais peur de trouver quelqu'un qui m'eût parlé,
Et je passai la nuit sous le ciel étoilé,
Ivre et me répétant sans relâche à moi-même

Ces mots qui m'enivraient : Cher Horace, je t'aime !

CÉLIE.

Cher Horace, je t'aime, et t'en donne ma foi,
Je n'ai jamais aimé ni n'aimerai que toi.
Je t'appartiens depuis l'enfance, et mon envie
Est de t'appartenir jusqu'au bout de la vie.

HORACE.

Dès l'enfance, à jamais ! le passé, l'avenir,
Nous avons tout commun, espoir et souvenir !

FABRICE.

Ah ! maudite à jamais soit la première femme
Qui de ce droit chemin a détourné mon âme !
Maudit soit le premier baiser qui m'a séduit,
Maudit tout ce qui m'a loin du bonheur conduit !

CÉLIE.

Mon frère...

FABRICE.

      Ma blessure ancienne s'est rouverte
Plus profonde en voyant la grandeur de ma perte,
Et ma haine s'allume, au lieu de mon mépris,
Au spectacle du bien que ces femmes m'ont pris !
C'est trop peu du dédain, il faut de la vengeance
Contre cette impudique et venimeuse engeance.
Sans elles, Dieu puissant ! il me serait connu,
Le pur ravissement d'un amour ingénu ;
Ma jeunesse au soleil se fût épanouie,
Par un hymen fécond doucement réjouie ;
Enfin, peu soucieux de la fuite du temps,
J'attendrais la vieillesse entre de beaux enfants,
Et je pardonnerais sans peine aux jours rapides
Qui, grandissant mes fils, m'ajouteraient des rides.

— Ce bonheur, je ne peux en jouir que par vous,
Enfants, mais le spectacle encor m'en sera doux !

HORACE.

Pauvre ami !

FABRICE.

Chut ! on vient... C'est cette créature.
Laissez-nous seuls, et toi, prépare la voiture.
Par où sors-tu ?

HORACE.

Parbleu ! par où je suis entré...
Cette maison n'a pas une porte à mon gré.

Il sort par le balcon.

# SCÈNE III.

## CÉLIE, FABRICE, CLORINDE.

FABRICE, à part.

Allons, cœur ulcéré, renferme ta colere.

CLORINDE, à célie.

Je ne vous parle ici qu'au nom de votre père ;
Ainsi daignez ne pas le trouver trop mauvais.
Il vous attend en bas pour vous parler.

CÉLIE.

J'y vais.

Elle sort.

CLORINDE, à part.

Bien, j'ai mis père et fille adroitement aux prises,
Et l'entretien d'ici ne craint plus de surprises.

**Haut.**

Vous voyez que je tiens parole...

**FABRICE.**

> Heureux vieillard.
Pourquoi n'est-ce pas moi qui reste, et lui qui part?

**CLORINDE.**

Ah! je demande aussi pourquoi la destinée
Au plus digne d'abord ne m'a pas amenée.
S'il m'eût été plus tôt accordé de vous voir,
J'aurais pu vous aimer sans trahir mon devoir.

**FABRICE.**

M'aimer! vous auriez pu m'aimer... O ciel! qu'entends-je?
Mais non : votre pitié veut me donner le change...
Cette félicité n'est pas faite pour moi...

**CLORINDE.**

Que ne suis-je maîtresse encore de ma foi!

**FABRICE.**

Ah! tu m'aimes... l'aveu malgré toi t'en échappe...
Comme un rayon soudain, tant de bonheur me frappe,
Et j'en suis ébloui... Ne le retire pas,
Cet adorable aveu, redis-le-moi tout bas...

**CLORINDE.**

Ayez pitié du trouble où je suis.

**FABRICE.**

> Je t'adore!
Va, nous serons heureux, il en est temps encore,
Car tu n'as rien signé, rien juré...

**CLORINDE.**

> J'ai promis.

**FABRICE.**

A ces promesses-là l'amour n'est pas soumis...
Tu m'appartiens...

CLORINDE.

Hélas !

FABRICE, à part.

Çà, quel nouvel obstacle ?

CLORINDE.

De ce vieillard en pleurs soutenir le spectacle !...
Mon cœur se briserait devant son désespoir,
Et je renonce à tout plutôt que de le voir.

FABRICE, à part.

Sa sensibilité ne veut pas qu'on s'explique :
Mon père éventerait toute sa politique,
C'est clair. Rassurons-la.

Haut.

Croyez que son courroux,
Madame, me serait aussi cruel qu'à vous...
Mais qu'un départ secret de ses pleurs nous délivre.

CLORINDE.

Fuir, seigneur ?

FABRICE.

M'aimez-vous assez pour m'oser suivre ?
Je suis pauvre !

CLORINDE.

Ah ! partons, seigneur, quand vous voudrez,
Partons.

FABRICE.

Je me prosterne à tes pieds adorés !

Il tombe à ses genoux ; entre Mucarade.

## SCÈNE IV.

### CLORINDE, FABRICE, MUCARADE.

MUCARADE.

Ciel! que vois-je?... mon hôte!... oh! quelle ignominie!
Mon hôte!

CLORINDE, bas, à Fabrice.

Épargnez-moi sa douleur, ou je nie!

FABRICE, à part.

Elle peut tout nier en effet.

Haut.

Sans courroux,
Seigneur; vous n'avez pas sujet d'être jaloux:
Madame repoussait une amour criminelle.

Bas, à Clorinde.

Derrière le jardin, au coin de la ruelle.

MUCARADE.

Croyez-vous que j'en aie un seul instant douté?
Quoi qu'il en soit, Monsieur, vous m'avez insulté,
Et n'opposerez pas, j'espère, à la vengeance
Un rang que vous avez déposé pour l'offense.

FABRICE.

De quel rang parlez-vous?

MUCARADE.

Très-bien, c'est convenu:
Vous n'êtes plus pour moi que le premier venu.
Sortons.

FABRICE.

J'ai tous les torts et vous demande excuse;
La réparation suffit.

MUCARADE.

Je la refuse.

FABRICE.

Mais le plus pointilleux s'en pourrait contenter.

MUCARADE.

Non, monsieur, mon honneur ne peut pas accepter
Ce que vous n'accordez sottement qu'à mon âge ;
Cette condescendance est un nouvel outrage,
Et je vous prouverai que je suis en saison
D'opposer une épée à votre trahison.

FABRICE.

En vérité, seigneur, je ne sais que vous dire,
Sinon que je ne peux me battre et me retire.

MUCARADE.

Têtebleu ! finissez ces respects insolents.
Suis-je un barbon, monsieur ? ai-je des cheveux blancs ?

CLORINDE.

Votre honneur est couvert : c'est monsieur qui recule.

MUCARADE.

Craignez-vous que ce duel vous rende ridicule ?
Mais on n'insulte pas les gens de la façon,
Monsieur ; mais je vous veux donner une leçon !

FABRICE.

Modérez-vous, seigneur.

MUCARADE.

Quoi ! que je me modère !
Sachez que je suis d'âge à me mettre en colère,
Et, s'il faut vous prouver par un sanglant affront
Que j'ai le cœur bouillant encore et le bras prompt...

Il lève la main.

FABRICE.

Mon père !

MUCARADE.

Quoi ?

FABRICE.

Le mot est dit, plus d'artifice :
Oui, mon père, c'est moi ; reconnaissez Fabrice.

MUCARADE.

Quelle plaisanterie indécente est-ce là ?
Fabrice est à Munich.

FABRICE.

Non, puisque me voilà.

MUCARADE.

Monsieur...

FABRICE, arrachant sa perruque.

Regardez-moi maintenant.

CLORINDE, à part.

Ah ! le traître !

MUCARADE.

Mon fils, en quel moment faut-il vous reconnaître !
Que faisiez-vous aux pieds de Clorinde ? Pourquoi
Sous un déguisement mon fils vient-il chez moi ?

CLORINDE.

Vous ne comprenez pas ; la ruse n'est pas neuve
Cependant : il mettait mon honneur à l'épreuve.

MUCARADE.

Et quel droit prenez-vous de contrôler mon choix ?...
Vous croyez-vous ici sur le pied d'autrefois ?
Sachez que votre absence et votre ingratitude

De ma sotte indulgence ont rompu l'habitude ;
Rentrez en suppliant, rentrez en étranger.

CLORINDE.

Seigneur, rendons-lui grâce au lieu de le charger :
Son épreuve offensante est pour moi la matière
D'une noble réponse au nom d'aventurière.

FABRICE, à part.

Elle me tient.

MUCARADE.

Celui qu'il faut remercier,
C'est le ciel, qui prend soin de vous justifier,
Et quant à l'instrument que sa justice emploie,
Nous ne lui devons pas de place en notre joie.

CLORINDE.

Mais ce fils, prévenu par de méchants discours,
A votre aveuglement croyait porter secours ;
Il faisait son devoir, et, par son stratagème,
Voulait, dans son erreur, vous sauver de vous-même.

MUCARADE.

A la bonne heure. On peut lui pardonner ainsi
L'outrage d'un soupçon maintenant éclairci :
Mais désormais...

FABRICE.

Mon père, embrassez donc Fabrice !

MUCARADE, ému.

C'est bien... plus tard...

A part.

Il a toujours la cicatrice
Qu'il s'était faite au front en tombant de mes bras...
Quand je vivrais cent ans, je ne l'oublierais pas !

Pauvre enfant, me voyant tout tremblant et tout blême :
Ce n'est rien, disait-il, ne pleure pas, je t'aime...
Et, tandis qu'une main allait me caressant,
De son cher petit front l'autre essuyait le sang...
Béni soit Dieu qui rend mon fils à ma vieillesse !
Tiens, je pleure, et n'ai pas honte de ma faiblesse.

FABRICE.

Pleurez, pleurez ! laissez couler ce doux pardon
Sur l'ingrat voyageur et sur son abandon.

MUCARADE.

Oui, oui, je te pardonne avec pleine indulgence.
L'heure de ton retour a payé ton absence.
Tu ne t'en iras plus, n'est-ce pas ?

FABRICE.

Non, jamais.

MUCARADE.

Entre mes deux enfants je puis mourir en paix...
Entre mes deux enfants et toute ma famille,
Car tu vas l'éclairer sur cette noble fille :
Tu sais ce qu'elle vaut maintenant.

FABRICE.

En effet ;
Et, lorsque nos parents sauront ce que j'ai fait,
Et combien j'ai trouvé madame magnanime,
Ils partageront tous, j'espère, mon estime.

CLORINDE.

N'en prenez pas le soin, seigneur, car je crains bien
Que votre bon vouloir pour moi ne puisse rien.

FABRICE.

Vous verrez.

CLORINDE.

A quoi bon ? l'opinion publique
Ne peut pas m'enlever le bonheur domestique ;
Votre père est à moi : je ne veux rien de plus.

FABRICE.

C'est trop de modestie avec tant de vertus :
Je veux vous célébrer de toute ma puissance.

CLORINDE.

Vous n'y gagnerez rien... que ma reconnaissance.

MUCARADE.

Oh ! le touchant débat ! — Divulgue sa vertu,
Mon enfant : nos bourgeois ont le mépris têtu ;
Mais à ton témoignage il faudra qu'on se rende.
Que je suis donc heureux, et que ma joie est grande !
Je puis te l'avouer à présent, mon ami :
Jusqu'ici je n'étais satisfait qu'à demi ;
La réprobation dont Clorinde est frappée
Me tenait dans le fond l'âme préoccupée,
Malgré tout mon dédain pour le qu'en dira-t-on.
Tu chasses ce nuage.

FABRICE.

Eh bien, non ! cent fois non !
Je ne peux accepter les choses de la sorte.
Vous ne me croirez pas, je le sais, mais n'importe !
Mon stratagème avait tellement réussi,
Que j'enlevais madame à quatre pas d'ici,
Si votre emportement n'eût rompu mes mesures.

MUCARADE.

Je reste confondu devant tant d'impostures !
Après tous vos aveux, que vous promettez-vous

D'un mensonge pareil, si ce n'est mon courroux ?

FABRICE.

Je ne m'en promets rien. J'évite le supplice
De garder à madame un silence complice;
D'ailleurs, je ne veux pas rester dans la maison,
Et je n'en puis sortir sans dire la raison.

MUCARADE.

C'est la folie !

CLORINDE.

Après que j'ai pris sa défense !
En vérité, ceci ressemble à la démence.

FABRICE.

Je jure...

MUCARADE.

Ah ! malheureux ! pas devant moi du moins !

FABRICE.

Devant vous, et je prends tous les saints à témoins...

MUCARADE.

Laisse-moi m'en aller si tu ne peux te taire...
Ne fais pas parjurer un fils devant son père !

Il sort.

## SCÈNE V.

### FABRICE, CLORINDE.

CLORINDE.

Eh bien, vous n'avez pris que vous-même en vos rets,
Mon cher monsieur; croyez que j'en suis aux regrets.

FABRICE.

Tenez, le persiflage est au moins inutile,
Et, croyez-moi, laissez ma colère tranquille.

CLORINDE.

Lâchez, lâchez le monstre : en ces occasions,
Je suis comme Daniel dans la fosse aux lions.
J'ignore jusqu'ici quels lions sont les vôtres,
Mais vraisemblablement j'en ai dompté bien d'autres.
Enfin, pour parler franc, vous me gêneriez fort
De ne pas vous donner vers moi ce dernier tort.

FABRICE.

Il vous faut un sujet d'obtenir qu'on me chasse.
Je comprends.

CLORINDE.

Vous avez un esprit très-sagace.

FABRICE.

Mais quittez ce souci : je ne suis pas d'humeur
A prêter ma présence à notre déshonneur ;
Il suffit que la honte entre par une porte
Pour que Fabrice prenne aussitôt l'autre, et sorte.

CLORINDE.

La honte ? Un peu d'aigreur au vaincu se conçoit ;
Mais le terme est grossier et passe votre droit.
Que mon honneur ou non vous semble une chimère.
Songez bien que je vais remplacer votre mère.

FABRICE.

Ma mère ! — Misérable !...

CLORINDE.

Ah !

FABRICE.

Ma mère ! Osez-vous
Parler de cette sainte autrement qu'à genoux,
Vous, courtisane ! vous, menteuse ! vous, infâme !

6

CLORINDE.

Songez, en me parlant, que je suis une femme,
Seigneur.

FABRICE.

N'espérez pas vous couvrir de ce nom.
Vous, une femme? Un lâche est-il un homme? Non...
Eh bien, je vous le dis : on doit le même outrage
Aux femmes sans pudeur qu'aux hommes sans courage :
Car le droit au respect, la première grandeur,
Pour nous, c'est le courage, et, pour vous, la pudeur.
La sainte dignité que vous avez salie,
Au lieu de l'invoquer, souhaitez qu'on l'oublie.
Vous seule, songez-y, mais pour pleurer sur vous,
O femme sans amour, sans enfants, sans époux !
Étrangère au milieu des tendresses humaines,
La glace de la mort est déjà dans vos veines,
Et, quand vous descendrez au néant du cercueil,
Il ne s'éteindra rien en vous qu'un peu d'orgueil !
C'est votre châtiment. — Aussi, je vous l'atteste,
Vous me feriez pitié, si vous n'étiez funeste...
Mais, lorsque je vous vois, vos pareilles et vous,
Répandre vos poisons dans les cœurs les plus doux ;
Quand surtout vous voulez, par d'odieuses trames,
Prendre dans nos maisons le rang d'honnêtes femmes,
A côté de nos sœurs lever vos fronts abjects,
Et comme notre amour nous voler nos respects...
Tiens, va-t'en !

CLORINDE, à part.

Oh ! j'ai peur...

FABRICE.

Va-t'en !

**CLORINDE**, à part.

Mon Dieu !

**FABRICE.**

Tu comptes
Sur le respect humain, la plus lâche des hontes !
Elle croit faire ici librement son métier,
Me prendre impunément mon père et mon foyer,
Souiller la chambre austère où ma mère expirante...
Non ! et, puisque du ciel la justice est si lente,
Moi, je t'écraserai, vipère, en ton chemin !...

*Il fait un mouvement violent vers Clorinde, qui pousse un cri et tombe à genoux.*

Je m'en vais pour ne pas déshonorer ma main !

*Il sort.*

*Clorinde reste à genoux comme atterrée. — Entre Annibal.*

## SCÈNE VI.

**CLORINDE**, à genoux; **ANNIBAL**.

**ANNIBAL.**

Que fais-tu là ?

**CLORINDE**, se relevant.

C'est toi, toi qui m'as dégradée :
C'est toi des dons du ciel qui m'as dépossédée ;
Qui m'as séché le cœur, qui m'as mise si bas,
Que je veux remonter et que je ne peux pas !
L'injure et le mépris où me vois sujette,
O conseiller du mal, sur toi je les rejette !
Je te hais, te maudis, et je voudrais pouvoir
Te remplir de ma honte et de mon désespoir.

### ANNIBAL.

Dis-moi du mal de moi, va ton train.

### CLORINDE.

Misérable !

Laisse-moi !

Elle sort.

### ANNIBAL.

Je te suis, ô femme inexplicable !

# ACTE CINQUIÈME

## SCÈNE PREMIÈRE.

### CLORINDE, ANNIBAL.

CLORINDE.

Pour la première fois devant lui j'ai tremblé.
Quelle ardeur dans ses yeux, et comme il m'a parlé !

ANNIBAL.

Qui ?

CLORINDE.

Fabrice.

ANNIBAL.

Fabrice ?

CLORINDE.

Oui, ce prétendu prince...

ANNIBAL.

Tonnerre ! je comprends ; la fourbe n'est pas mince.
Mais l'as-tu découverte à temps ?

CLORINDE.

Hélas ! oui.

ANNIBAL.

Bon

On se contentera d'épouser le barbon.

CLORINDE.

Oh ! mais je vais tout rompre.

6.

AANIBAL.

> Hein ? quel nouveau caprice ?

CLORINDE.

Je veux me relever du mépris de Fabrice.

ANNIBAL.

Parbleu ! je te savais femme au sourcil hautain,
Mais je n'aurais pas cru que ton orgueil te tînt
Jusqu'à sacrifier l'intérêt à la gloire.

CLORINDE.

Ce n'est pas seulement l'orgueil.

ANNIBAL.

> Que faut-il croire ?

CLORINDE.

Tout ce que tu voudras. Je ne sais où j'en suis,
Ni quel trouble m'émeut, ni quel instinct je suis...

ANNIBAL.

Le petit dieu d'amour t'aurait-il attrapée ?

CLORINDE.

Quelle âme violente ! — Il m'a presque frappée.

ANNIBAL.

Ah ! tu l'aimes alors ! T'éprendre d'un brutal,
Ah ! sotte ! ah ! triple femme ! ô contre-temps fatal !
Toi qui jusqu'à présent, de ton cœur économe...

CLORINDE.

C'est la première fois que je rencontre un homme,
Un cœur impétueux sur qui je ne peux rien,
Un courage en un mot supérieur au mien.
Je me sens la plus faible et suis fière de l'être...
Étrange volupté de fléchir sous un maître !

ANNIBAL.

Turlututu ! — Tu vas épouser le vieillard.

CLORINDE.

Jamais.

ANNIBAL.

Qu'est-ce que c'est ? Aujourd'hui, pas plus tard.
Assez batifolé comme cela, ma chère :
La sensibilité ne vaut rien en affaire.
Puisque tu perds le sens, j'en aurai pour nous deux.
Je veux ce mariage, entends-tu ? je le veux.
Si Fabrice t'est cher, si tu tiens à sa vie,
Que ma volonté soit de point en point suivie.

CLORINDE.

Que veux-tu dire ?

ANNIBAL.

Rien que de simple : choisis
Ou de l'hymen du père ou de la mort du fils.

CLORINDE.

Tu l'assassinerais ?

ANNIBAL.

Fi ! suis-je un misérable ?
Je tuerai le galant de façon honorable.

CLORINDE.

S'il s'agit d'un vrai duel, va, je suis sans effroi,
Mon pauvre ami; Fabrice est plus vaillant que toi.

ANNIBAL.

Qu'importe ? le fameux Matapan, de Spolète,
M'a-t-il pas fait cadeau d'une botte secrète
Avec quoi je tuerais le grand diable d'enfer ?
J'ai percé trois prévôts d'armes avec ce fer.

CLORINDE.

S'il est ainsi, tu n'es qu'un lâche !

ANNIBAL.

A ton service.
N'épouse pas le vieux, tu verras ton Fabrice !
Et n'imagine pas que je vais l'épargner
Si, par suite, à sa mort je n'ai rien à gagner.
Je suis un bon vivant, mais j'aime la vengeance :
Souviens-toi de mon duel avec Juan de Valence.

CLORINDE.

C'est horrible, cela !

ANNIBAL.

Je t'assure que non.

CLORINDE.

O mon frère... mon Dieu ! que dire ?... songe donc !
Je n'ai jamais aimé personne avant cette heure.
Seras-tu sans pité ? tiens, regarde, je pleure.

ANNIBAL.

Si je m'apitoyais, je serais un grand sot,
Lorsque tu peux sauver ton amant d'un seul mot.

CLORINDE.

Mais je mériterais son mépris et sa haine.

ANNIBAL.

Sa mort te causera sans doute moins de peine.
Un bel amour, ma foi, que le tien !

CLORINDE.

Où vas-tu ?

ANNIBAL.

Faire à monsieur Fabrice expier ta vertu.

**CLORINDE.**

Arrête, malheureux ! ah ! qu'il vive, qu'il vive !
C'est moi que je dois perdre en cette alternative.
De deux malheurs pour lui je choisis le moins grand...
Mais retombe sur toi ma douleur, ô tyran !
Et puisses-tu jamais, pour ta conduite infâme,
Aimer et te sentir méprisé d'une femme !

**ANNIBAL.**

Tes imprécations, tu les feras plus tard ;
Allons contre Fabrice animer le vieillard...
C'est lui... je vais parler...


# SCÈNE II.

### CLORINDE, ANNIBAL, MUCARADE.

**ANNIBAL**, à Mucarade.

   Parbleu ! mon cher beau-frère,
Vous arrivez à point pour me voir en colère.

**MUCARADE.**

Qu'avez-vous ?

**ANNIBAL.**

   Votre fils est un joli garçon !
Il a frappé ma sœur...

**MUCARADE.**

   Mon fils !...

**ANNIBAL.**

    Oui, sans façon !

**MUCARADE.**

Quoi ! frappée ?

ANNIBAL.

Oui, frappée.

MUCARADE.

O monstre abominable !
Qu'un tel fils soit sorti de moi, c'est incroyable !

ANNIBAL.

Nous ne le croyons pas,

MUCARADE.

Si j'avais été là,
Madame, je l'aurais broyé comme cela...

*Il cherche quelque chose à briser, et ne trouve rien.*

ANNIBAL, *à part.*

Il manque son effet, faute de porcelaine.

CLORINDE.

Il ne m'a pas...

ANNIBAL, *bas, à sa sœur.*

Tais-toi.

MUCARADE.

La mesure est trop pleine !
Il sortira d'ici.

ANNIBAL.

Je pardonne ses torts
Et me tiens satisfait s'il est jeté dehors.

MUCARADE.

Ne craignez rien, je vais le renvoyer de sorte
Qu'il ne soit plus tenté de repasser la porte.
Le voici justement.

## SCÈNE III.

### LES MÊMES, FABRICE, CÉLIE.

#### MUCARADE.
Arrivez, furieux !
Qu'on vous parle !

#### FABRICE.
Je viens vous faire mes adieux.

#### MUCARADE.
Hein ? comment ? vous partez sans me demander grâce,
Orgueilleux ! sans attendre au moins que je vous chasse ?

#### FABRICE.
Mon père, j'accomplis des devoirs absolus,
Et je dois ce respect à celle qui n'est plus.
Votre maison rejette, ainsi qu'une chimère,
Ce que le trépas même y laissait de ma mère,
Et, comme j'ai suivi jadis son dernier char,
J'accompagne aujourd'hui son souvenir qui part.

#### MUCARADE.
Voilà de beaux discours chez un batteur de femme !

#### FABRICE.
J'ai battu...

#### MUCARADE.
Je sais tout, on m'a tout dit.

#### FABRICE.
                              Madame ?
Soit.

#### CLORINDE, à part.
Il ne daigne pas me démentir, hélas !

ANNIBAL.

Croyez, mon cher monsieur...

FABRICE.

Je ne vous parle pas.

ANNIBAL.

Mais...

FABRICE.

Ayez la pudeur, ou sinon la prudence
De ne pas témoigner ici votre présence!

ANNIBAL.

Morbleu! vous le prenez un peu bien haut, seigneur!

FABRICE.

C'est possible; chacun le prend de sa hauteur.

MUCARADE.

Pas de querelle ici : capitaine, de grâce,
Soyez le raisonnable et cédez-lui la place.

ANNIBAL.

Oui, j'aime mieux sortir, car je m'échaufferais,
Et j'ai déjà besoin d'aller prendre le frais.

FABRICE, à part.

Je te retrouverai, drôle!

## SCÈNE IV.

### MUCARADE, CLORINDE, FABRICE, CÉLIE.

MUCARADE.

Je vous invite,
Puisque vous le voulez, à partir au plus vite.

FABRICE.

Ma sœur a quelque chose à dire auparavant.

**MUCARADE.**

Qu'est-ce encor ?

**CÉLIE.**

Je voudrais entrer dans un couvent,
Mon père ; autorisez Fabrice à m'y conduire.
Madame assurément n'y voit rien à redire.

**MUCARADE.**

Eh quoi ! ma fille aussi me délaisse !... C'est vous,
Mon fils, qui me portez encor ces derniers coups !

**FABRICE.**

Pouvais-je abandonner ma sœur près de madame ?

**CLORINDE, à part.**

Quel mépris !

**MUCARADE.**

Allez donc ! vous me déchirez l'âme ;
Mais je suis aussi fier que vous êtes ingrats :
Allez, cruels enfants, je ne vous retiens pas.

**CÉLIE.**

Pardonnez-moi, mon père : il le faut. Je vous laisse
Plein d'un nouveau bonheur et d'une autre tendresse.
Mais vous m'appellerez, je ne serai pas loin,
Quand de compassion il vous sera besoin.

**FABRICE.**

Viens.

**A Clorinde.**

Réjouissez-vous, madame : ma retraite
Vous laisse le champ libre et victoire complète.
Nous n'emportons d'ici que notre honneur, et rien
Ne vous empêche plus de piller notre bien.

7

**CLORINDE.**

Ah! c'est plus que mon cœur n'en peut porter! Fabrice,
Je ne mérite pas un si cruel supplice.
Il faut que je vous parle, à vous seul, il le faut...
Écoutez-moi, je puis m'absoudre d'un seul mot...

**FABRICE.**

Viens, Célie.

**CLORINDE,** à Mucarade.

Ah! seigneur, obtenez qu'il m'entende!

**MUCARADE.**

Fasse le Dieu clément que ce mot me les rende!

A Fabrice.

Écoute-la. Je prie, au lieu de commander;
Fais pour rester autant que moi pour te garder.

**FABRICE.**

J'obéis, quoiqu'il soit inutile, sans doute.

**MUCARADE.**

Laissons-les seuls, ma fille.

Il sort avec Célie.

# SCÈNE V.

## CLORINDE, FABRICE.

**FABRICE.**

Eh bien, je vous écoute :
Que voulez-vous ?

**CLORINDE.**

Justice. Oui, j'ai souffert assez.
Moi, que vous méprisez et que vous haïssez,
Dont la seule présence est pour vous odieuse,
Sachez que je voulais...

FABRICE.

Eh bien?

CLORINDE.

Ah! malheureuse!
Il ne me croirait pas, je ne puis m'expliquer.

FABRICE.

M'avez-vous retenu, morbleu! pour vous moquer?

CLORINDE.

Le mot qui m'absoudrait, je n'ose plus le dire,
Car il entraînerait un malheur encor pire.
Mais croyez-moi, seigneur, par pitié, croyez-moi
Quand je dis que je souffre une inflexible loi.
S'il vous faut un serment, je jure... Pauvre fille!
Sur quoi puis-je jurer, moi qui suis sans famille,
Moi qui n'ai rien aimé, pas même mes amants,
Moi qui n'ai pas d'honneur à perdre si je mens!

FABRICE.

Si ce n'est pas un jeu, joué certe à miracle,
Votre repentir trouve en effet un obstacle;
Montrez-le-moi, madame, et je le lèverai.

CLORINDE.

Vous ne le pourriez pas, seigneur. Je me tairai.

FABRICE.

Montrez-vous franchement venimeuse et funeste,
Plutôt que d'ajouter l'hypocrisie au reste!

CLORINDE.

L'obstacle, c'est mon frère.

FABRICE.

Ah! morbleu! c'en est trop!

Vous me jugez aussi, madame, par trop sot !

CLORINDE.

Vous ne croyez pas...

FABRICE.

Quoi ? que ce plat subalterne,
Ce butor, ce goujat, ce laquais, vous gouverne ?
Faites-moi donc, au moins, l'honneur de mieux mentir.

CLORINDE, à part.

Dieu ! je sens son mépris sur moi s'appesantir !

FABRICE.

Voyons, qu'à trouver mieux votre esprit s'évertue.

CLORINDE.

Si je n'épouse pas votre père, il vous tue.

FABRICE.

Et que vous fait ma mort ?

CLORINDE.

Je vous aime.

FABRICE.

Allons donc !

CLORINDE.

Je n'en ai pas le droit, je le sais... Oh ! pardon !
N'en prenez pas l'aveu pour un effet d'audace ;
Je ne me flatte pas et me mets à ma place.
Je sais bien que l'amour n'est pas une vertu,
Et qu'il ne me rend rien de mon honneur perdu,
Trop de vices ont pris dans mon cœur trop d'attache,
Et l'orgueil est le seul que l'amour en arrache.
Aussi ce triste aveu fût en moi demeuré,
Si tant de questions ne l'en eussent tiré.

FABRICE, à part.

Non, ce ne peut pas être un nouveau stratagème :
Je l'ai brutalisée assez pour qu'elle m'aime.

Haut.

Vous avez très-bien fait de me tout avouer,
Car je crois à l'obstacle et vais le déjouer.

CLORINDE.

Vous ne pouvez vous battre avec un misérable...

FABRICE.

L'adversaire, il est vrai, n'est pas très-honorable ;
Mais je suis au rebours de ces fous exigeants,
Qui ne veulent tuer que des honnêtes gens.

CLORINDE.

C'est lui qui vous tuerait, tout vaillant que vous êtes :
Il se bat à coup sûr et par bottes secrètes.

FABRICE.

Soit donc, il me tuera. — Vaincu comme vainqueur,
Je vous mets en état d'écouter votre cœur,
Et, du bonheur des miens si ma mort est suivie,
Elle a payé ma dette et racheté ma vie.
— Mais j'ai meilleur espoir : si le drôle est adroit,
Je ne suis pas manchot non plus, et j'ai bon droit.

## SCÈNE VI.

### LES MÊMES, ANNIBAL.

ANNIBAL.

Vous n'êtes pas parti, cher monsieur ?

FABRICE.

                          Au contraire.

**CLORINDE.**

Il va te provoquer; n'accepte pas, mon frère.
Il sait tout.

**ANNIBAL.**

Il sait tout? il sait notre marché?

**CLORINDE.**

Ce n'est pas de ma faute, il m'a tout arraché.

**FABRICE.**

Çà, monsieur, suivez-moi sans autre préambule!

**ANNIBAL.**

La proposition est assez ridicule :
Vous êtes mon seul titre envers mon débiteur;
Je ne déchire pas les billets au porteur.

**FABRICE.**

Tu refuses? c'est bien ; mais tu comprends sans doute
Que je ne suis pas homme à m'arrêter en route;
Que je me suis juré de délivrer les miens;
Qu'ici les intérêts sacrés que je soutiens
Veulent être sauvés, et que, vînt-il d'un crime,
Leur salut couvre tout et rend tout légitime.
Défends-toi donc, maraud! sinon, sur mon honneur,
Je m'en vais te tuer comme on tue un voleur!

Il tire son épée.

**ANNIBAL.**

Alors, tant pis pour vous. Je saurai me défendre.

Il dégaine.

**CLORINDE.**

Arrêtez!

**FABRICE.**

Laissez-nous!

ANNIBAL.

Il ne veut rien entendre!

FABRICE.

En garde!

ANNIBAL.

Un dernier mot avant d'aller plus loin.

FABRICE.

Voilà plus d'embarras, drôle, que de besoin!

ANNIBAL.

Ce duel est pour tous deux une méchante affaire :
Ainsi réfléchissons avant que de la faire.
Vous espérez ne pas rester sur le carreau
Sans doute ?

FABRICE.

Assurément.

ANNIBAL.

Cet espoir est trop beau.
Quittez-le ; je ne veux prendre personne en traître :
Sachez que Matapan, de Spolète, est mon maître.

FABRICE.

Ah !

ANNIBAL.

Vous l'avez connu peut-être ?

FABRICE.

Oui-da, beaucoup :
C'est moi qui l'ai tué.

ANNIBAL.

Hein ?

FABRICE.

Sur son fameux coup.

ANNIBAL.

Quelle bourde! Allons donc! la botte est sans parade.

FABRICE.

Si c'est tout votre espoir, vous êtes bien malade.
En garde!

ANNIBAL.

Permettez; ne soyons pas si prompts;
Prouvez que vous savez la botte, et nous verrons.

FABRICE.

Je vais t'administrer la preuve sous l'aisselle.

ANNIBAL.

Si vous pouviez d'un mot finir notre querelle,
Pourquoi vous tairiez-vous?

FABRICE.

Faut-il te l'avouer?
C'est que je ne tiens pas à ne pas te tuer.

ANNIBAL.

Plaisantez-vous?

FABRICE.

Non pas. Allons, vile canaille!
Voici le dernier jour de ta longue ripaille.

ANNIBAL.

Je me rends.

FABRICE.

C'est trop tard.

CLORINDE.

Seigneur...

ANNIBAL.

Quel enragé!

FABRICE.

Il faut que du bandit le monde soit purgé !

ANNIBAL.

Au secours !...

Entrent Mucarade et Célie.

## SCÈNE VII.

### LES MÊMES, MUCARADE, CÉLIE, puis HORACE.

MUCARADE.

Qu'est-ce donc ?

ANNIBAL.

A l'aide ! on m'assassine !

A mon âge !

FABRICE.

Coquin !...

ANNIBAL.

J'aime mieux la ruine.

A Mucarade.

N'épousez pas ma sœur !... il connaît Matapan !

MUCARADE.

Clorinde, dites-vous ?

ANNIBAL.

Je suis un sacripant...

Chassez-nous, croyez-moi.

FABRICE.

Poltron !

ANNIBAL, à part.

Bretteur farouche !

Spadassin ! il m'aurait tué comme une mouche.

MUCARADE.

Clorinde ?... Vous perdez l'esprit dans votre effroi.

ANNIBAL.

Ah ! seigneur, il connaît ma botte mieux que moi !
Clorinde vous trompait...

CLORINDE.

Il a rompu le charme,
Seigneur ; n'honorez pas mon départ d'une larme,
Ne me donnez pas même un souvenir, car rien
De ce que vous aimiez en moi ne m'appartient ;
La pauvre courtisane en vos mains restitue
Le prestige étranger dont elle était vêtue,
Espérant qu'à la voir sans masque, le mépris
Vous rendra le repos qu'elle vous avait pris.

CÉLIE, conduisant Mucarade à un fauteuil.

Mon père !

CLORINDE, à Fabrice.

J'ai parlé de sorte qu'il m'oublie.
Et maintenant, seigneur, ma tâche est accomplie ;
Je n'ai plus qu'à partir.

MUCARADE.

Elle ne m'aimait pas !

FABRICE, à Clorinde.

Que ma reconnaissance accompagne vos pas.

ANNIBAL.

Parbleu ! de ta vertu te voilà bien payée.

CLORINDE.

Oui, car je ne pars pas tout à fait oubliée ;
Car, parmi les hasards qui pourront m'outrager,

J'emporte au fond de moi la douceur de songer
Qu'il est un cœur au monde où je ne suis pas vile...
Et dans mes souvenirs j'ai du moins cet asile !

ANNIBAL, à part.

Cherchons fortune ailleurs.

CLORINDE.

Adieu, seigneur.

FABRICE.

Adieu.

Elle sort avec Annibal.

A part.

Son cœur n'est pas sorti méchant des mains de Dieu !

CÉLIE, à Mucarade.

Il vous reste Célie et Fabrice.

MUCARADE.

Fabrice !

FABRICE, s'agenouillant.

Oui, je vous rends, mon père, un douloureux service ;
Croyez que je sens là toute votre douleur,
Et la rachèterais de mon sang le meilleur.

MUCARADE.

Non, fût-elle mortelle et jamais adoucie,
L'honneur est sauf du moins, et je vous remercie.

Entre Horace.

FABRICE.

Horace, mets ta main dans celle de ma sœur.

HORACE.

Ah ! cher oncle !

MUCARADE.

Soyez heureux.

HORACE.

Quelle douceur !

FABRICE.

Que de petits enfants notre maison fourmille...
Mon père, nous serons les vieux de la famille.


FIN.


PARIS. — IMPRIMERIE DE J. CLAYE, RUE SAINT-BENOÎT, 7.